あの日、松の廊下で

白蔵盈太
SHIROKURA Eita

文芸社文庫

目次

一、元禄十四年　三月二十八日（事件の十四日後）　5
二、元禄十三年　十二月十五日（事件の三か月前）　25
三、元禄十三年　十二月十六日（事件の三か月前）　43
四、元禄十三年　十二月十七日（事件の三か月前）　56
五、元禄十三年　十二月十八日（事件の三か月前）　73
六、元禄十三年　十二月二十五日（事件の二か月半前）　91
七、元禄十四年　一月十日・その１（事件の二か月前）　105
八、元禄十四年　一月十日・その２（事件の二か月前）　123
九、元禄十四年　一月十六日（事件の二か月前）　132
十、元禄十四年　一月十八日（事件の二か月前）　141

十一、元禄十四年　一月二十日（事件の二か月前）　157
十二、元禄十四年　一月二十六日（事件の一か月半前）　167
十三、元禄十四年　二月一日（事件の一か月半前）　178
十四、元禄十四年　二月十一日（事件の一か月前）　191
十五、元禄十四年　二月十六日（事件の一か月前）　202
十六、元禄十四年　二月二十一日（事件まであと二十二日）　215
十七、元禄十四年　三月一日（事件まであと十四日）　224
十八、元禄十四年　三月九日（事件まであと五日）　238
十九、元禄十四年　三月十一日（事件まであと三日）　251
二十、元禄十四年　三月十三日（事件まであと一日）　260
二十一、元禄十四年　三月十四日・その１（事件当日・朝）　269
二十二、元禄十四年　三月十四日・その２（事件の瞬間）　278
二十三、元禄十五年　十二月十五日（事件の一年と九か月後）　292

一．元禄十四年　三月二十八日（事件の十四日後）

あの時、浅野内匠頭《あさのたくみのかみ》様は、本当は関西弁でこう言ったのだ。

「おどれぁ何しとんじゃ。このボケカスがぁ！」

だが、その言葉をそのままこの日記に残すわけにはいかなかった。梶川与惣兵衛《かじかわよそべえ》はしばし中空を見上げて、適切な言葉を探した。

浅野内匠頭は赤穂藩五万石を治める藩主である。そんな高貴な身分の人間が、将軍と勅使がいる江戸城内、殿中の松の廊下において、職務中にこのような野卑な言葉を吐いたなどと他に知れたら一大事だった。たかが日記とはいえ、あの日の様子を記録として残す以上、侍らしい言葉遣いに書き換える必要がある。

与惣兵衛は、頭に浮かんだ言葉を紙の端に書き留めた。

「何をしておられるか、痴れ者よ！」

少しだけ言葉を丁寧に変えてみたものの、それでも与惣兵衛はしっくりこない様子で、上から線を引いてその字を消した。殿中での発言で「痴れ者」はまずい。もっと上品な言葉に変える必要がある。

浅野様はすでに切腹され、あの忌まわしい刃傷事件を起こしてしまった責任を立派に果たされている。この事件はもう、それで終わったのだ。

それなのに今さら、事件の目撃者である私が、この乱暴で品のない発言を正直に後世に書き残してしまったらどうなる。浅野様に余計な死後の辱めを加えてしまうようなことは、何としても避けねばならない。

そう考えた与惣兵衛は、全く進まぬ筆に大きなため息をついた。

与惣兵衛はこの三か月あまり、事件の加害者である浅野内匠頭と、被害者である吉《き》良《ら》上野介《こうずけのすけ》の二人とずっと一緒に仕事をしてきた。

また、彼は事件の現場に偶然居合わせた、数少ない目撃者の一人でもある。ただし、彼の場合は目撃者というよりも、事件の参加者といったほうがいいだろう。誰あろう彼こそが、吉良上野介に小刀で斬りかかった浅野内匠頭を力づくで取り押さえて、それ以上の凶行を止めた男だからである。

もし与惣兵衛があの時、「殿中でござる、殿中でござるぞ」と叫んで浅野内匠頭を背後から抱き止めていなければ、吉良上野介は振り返ったところを何度も斬りつけられて、今頃はこの世にいなかったはずだ。

だから彼には、浅野内匠頭がなぜあの時「おどれぁ何しとんじゃ」と叫んだのか、その理由が痛いほどよくわかっている。しかし、一切の事情を知らずに彼の日記を読んだだけの部外者が、果たして彼と同じように、事件に至るまでの背景を正確に理解してくれるとは到底思えなかった。

そもそも、事件の被害者である吉良上野介ですら、その後の取り調べに対する受け答えの内容を聞く限り、浅野内匠頭が小刀を抜いていきなり斬りかかってきた理由を、そこまで正確には理解できていないようなのだ。

もしここで私が、細かい背景を説明せずに、あの日に起こった出来事だけをありのままに記してしまったら、この日記を読んだ人たちは大混乱をしてしまうはずだ。

かといって、事件に至るまでの背景を誤解なく説明しようとしたら、一冊の本ができてしまうくらいの分量になってしまう。しかもそれには、浅野様と吉良様のお二方を批判するような内容も相当量含まざるを得ないので、大変な無礼にあたる。

これは、馬鹿正直には書けないぞ。

与惣兵衛は頭を抱えた。

元禄十四年（一七〇一年）三月十四日（新暦の四月二十一日）。江戸城本丸御殿・松の廊下において、播州赤穂藩五万石の藩主 浅野内匠頭長矩《ながのり》が、いきなり懐の小刀を抜いて高家肝煎《こうけきもいり》 吉良上野介義央《よしひさ》に斬りかかり、傷を負わせるという事件が起こった。

そもそも、幕府の中枢である江戸城の中で揉め事を起こしてはならないなんてことは、下町の童でもわかる道理だ。城内で他人と激しく口論をするというだけでも大失態なのに、刃物で切りつけたというのだから尋常ではない。

しかも、事件のあった本丸御殿は将軍の御座所であり、一般の大名は大小の刀を帯びることすら禁じられている。だから浅野内匠頭は、持っていた儀礼用の小刀を使って刃傷沙汰を起こしたわけだが、神聖な江戸城を血で穢してしまった罪は重い。

その時点でもう、彼は責任を取って切腹、彼の領地である赤穂藩五万石は取り潰しとなることがほぼ確定といっていい。

さらに悪いことに、ちょうどその日の江戸城では、毎年恒例の「勅使奉答」の儀式が行われていた。江戸の将軍家は、正月に京の天皇と上皇に対して年賀挨拶の使者を送るのがならわしだ。そして、それに対して天皇と上皇は三月に返礼の使者を送る。その使者を江戸城で歓待する儀式がこの勅使奉答である。幕府と朝廷の友好関係を確認・維持するために行われる、両者にとって一年でもっとも大切な行事だ。

あろうことか松の廊下の刃傷事件は、この最重要行事の真っ最中に起きてしまったのである。普段の幕府なら、こんな不名誉な事件は跡形もなくもみ消すところだが、天皇と上皇の使者が江戸城内にいては、どんなに隠しても彼らの耳に入ってしまう。幕府にとっては赤っ恥もいいところだった。

だいたい、加害者の浅野内匠頭の立場はこの時、天皇からの使者を接待してさまざまな儀式や行事の運営を担当する「勅使饗応役」の任にあった。そして被害者の吉良上野介は、浅野内匠頭の指導係である。

つまり儀式の実行責任者が、何を思ったか自分自身の手で、その儀式の全てをぶち壊すような傷害事件を起こしてしまったわけで、まさに前代未聞の大不祥事だった。


事件の知らせを聞いた、時の将軍徳川綱吉《とくがわつなよし》は激怒した。

これほどの大事件ならば、きちんと時間をかけて取調べをして、事件の背景を正確に理解したうえで厳正な処分を決めるのが当然だ。しかし綱吉は、浅野内匠頭に即日切腹を命じると、不届き者は捨て置けとだけ命じて奥に引っ込んでしまった。

綱吉が詳しい取調べを命じなかった理由は、ひとつには大切な儀式を台無しにされたという怒りもあるだろう。

だが、取調べをしてさらに変なボロが出てしまい、朝廷の使者の前で恥の上塗りをするわけにはいかないので、責任者を処罰してさっさと事件を終わりにしてしまおうという政治的な思惑もあったのかもしれない。

いずれにせよ、加害者である浅野内匠頭がほぼ何も語らずにその日のうちに死んでしまったことから、彼が破滅的な行動に出た動機については、多くの謎が残された。


私はつくづく、運のない男だ。

一向に進まない筆に途方に暮れつつ、与惣兵衛は小さなうめき声を上げた。


徳川家康《いえやす》が天下を斬り従え、江戸幕府のもとで天下泰平の世が訪れて百年近くが経つ。人々は平和を謳歌しながらも、単調な生活に飽き新しい刺激に飢えていた。そんな時に起きたこの謎多き刃傷事件は、江戸城・松の廊下というもっとも厳粛であるべき場で起きたという話題性もあって、たちまち江戸の人々の格好の遊び道具となった。

この不祥事をできるだけ大ごとにしたくない幕府は、事件に関する公式の発表をほとんど出さない。しかしそれが逆に、口さがない市井の人たちの間に勝手な憶測をはびこらせる結果となった。無責任な噂話にどんどん尾鰭がついて、今や突拍子もない珍説・怪情報が飛び交う完全な過熱状態だ。

確かな情報がほとんど出てこないため、たまたま事件の日に江戸城の中にいたとか、離れた場所から騒ぎの声を聞いたとか、とても事件の目撃者とは言えないような程度の者でさえ、事件をすぐ近くで体験した貴重な証言者として珍重されている。そんな状態だから、事件の現場に居合わせた与惣兵衛は、誰もが話を聞きたがる超一級の事件関係者なのだ。

それに与惣兵衛は事件前から、加害者の浅野内匠頭と被害者の吉良上野介の両者とも、非常に懇意にしていた。

与惣兵衛は、江戸城の大奥の警備と雑用を担当する、大奥御台所付き留守居番という役職にある。勅使饗応の儀式には大奥の出番もかなり多い。大奥の実務担当者の中ではもっとも年長者だった五十五歳の彼は、浅野内匠頭と吉良上野介の両名と、儀式の準備のための打ち合わせを行う機会が非常に多かったのである。

彼ならば、浅野内匠頭がなぜ吉良上野介に斬りかかったのか、江戸中が知りたがっている謎の真相を知っているに違いない。そう思った無責任な野次馬たちが、何とかしてそれを聞きだしてやろうと考えるのも無理はなかった。

あの刃傷事件が起きた二日後のことだった。与惣兵衛の元に、もう五年以上顔も見たことのない、大昔に少しだけ一緒に仕事をした旗本仲間がいきなり訪ねてきた。

「そういえば元気にしているかと思って。顔を見に来た」

そんなことを言う突然の来客に、与惣兵衛は最初、はぁそうですか、それはわざわざご丁寧に、と真摯に対応していた。

だが、くだらない世間話をダラダラと続けて、なかなか帰ろうとしない来客の不自然な様子に、与惣兵衛はようやく相手のさもしい意図を理解した。与惣兵衛は刃傷事件については一言も語らぬまま、笑顔を崩さずに来客を強引に追い返したのだった。


その翌日からは、完全に収拾がつかなくなった。

あの松の廊下の刃傷事件に、どうやら与惣兵衛が深く関わっているらしいという情報が周囲に知れ渡り始めると、彼の家の前には連日、日頃ほとんど交友のない知人や、法事の時にしか会ったことのないような遠縁の親戚たちが何人も、不自然な野暮用をでっちあげては訪ねてきた。

それでも、最初の数名までは与惣兵衛も一応ちゃんと相手をしていた。しかし、やってくる誰もが白々しい愛想笑いを浮かべつつ長々とくだらない雑談をして、何でもいいから事件に関する情報をそれとなく聞きだそうとしてくるので、与惣兵衛はだんだん馬鹿馬鹿しくなってきた。それで結局、信頼できる数人を除いて、来客は問答無用で玄関口で追い返すことにした。

仕事場で誰かと雑談をしなければならない時も、最初に「ご公儀にはばかりのあることゆえ、あの件に関しては一切話すことはござらん」と毎回前置きしてから会話を始めるようにしている。

食膳に群がる蠅を払うように野次馬たちを追い返しながら、こういう時こそ真の友情とは何であるか、人の本性が透けて見えるものだなぁと、与惣兵衛は人間という浅ましい生き物に対してすっかり絶望してしまっていた。

こんな状況になってくると、それまで与惣兵衛が気楽に日々の出来事を書き残していた日記も、もはや全く油断はならなかった。

今のところ、この日記の存在を知っているのは与惣兵衛の妻と子供たちだけだ。しかし、彼がこの歴史的大事件の第一級関係者になってしまった以上、いずれ誰かの手によってこの日記が公開される可能性は十分にあった。だとしたら、他人には見せない私的な日記だから何を書いても大丈夫だろうなどと呑気なことは言っていられない。

それで、いつ誰に読まれても問題がないように、与惣兵衛は自分の日記をわざわざあとから書き直す必要に迫られたのである。

「おどれぁ何しとんじゃ。このボケカスがぁ！」

与惣兵衛の脳裏に、浅野内匠頭が話す、どこか愛嬌のある関西弁が甦ってくる。真っすぐで正直な人だった。

吉良上野介に斬りかかる際に彼が吐いたこの汚い罵声を、いったいどう穏当に書き換えればいいのだろうか。彼はさまざまな言い換えを紙の上に書いてみた。

「しばし待たれよ吉良殿。何の話をしておるか」

「その話は如何。ならぬぞ吉良殿」

「吉良殿、梶川殿に何をしておる」

いろいろと書いてみたがどれも納得がいかず、与惣兵衛は言葉を書いた紙をくしゃくしゃに丸めて投げ捨てた。どの言葉に言い換えても変な含みが出てしまって、浅野内匠頭が吉良上野介のどんな行動を見て腹を立てたのか、読み手側の疑問がさらに深まってしまうのだ。どれだけ文章を練り言葉を選んでも、浅野内匠頭が吐いたこの謎の言葉の背後にある事情を、限られた日記の紙面だけで誤解なく書き記すことはとても不可能だった。

それまでは何も考えずに日々の出来事を書いて楽しんできた日記が、与惣兵衛にとって急に恨めしいものになった。

刃傷事件が起きた三月十四日の日記だけを書かないという手も考えた。だが、それはそれで「日記にも書き残せないような重大な陰謀が、事件の裏に隠されているのではないか」などという無用の勘ぐりをされてしまいそうで嫌だった。

だったらいっそのこと、日記そのものを全て捨ててしまってはどうだろうか、とも考えた。そもそも日記を書いていないことにしてしまえば、こんなふうに悶々と悩み続ける必要もないのだ。

実際、与惣兵衛はこれまでに何度も、今まで書き溜めた日記の束を取り出し、それを囲炉裏にくべて全部焼き払ってしまおうとした。

でも、その寸前で踏みとどまった。

なんとなく、そうしてはいけないような気がした。


私はつくづく、運のない男だ。

なぜ、私はこんな因業な仕事に巻き込まれてしまったのだろうか。

どうやら私はこの仕事を、最後まで投げ出してはいけないらしい。


与惣兵衛の心の奥底にくすぶる、自分でも何だかよくわからないのだが、責任感のような……怒りのような……とにかく、得体の知れない黒く燃える情念のような何かが、この日記は捨てずに絶対書き残さなければならないと彼自身に強く命じていた。

与惣兵衛は、軽薄な部外者たちが、さも自分だけが真相を知っているとでも言わんばかりの顔をして、事件の真相について全く的外れな推測を得意げに語っているのがどうしても我慢できなかったのだ。「全然違うわ！」と全員の顔を張り飛ばしてやりたかった。

私は、浅野内匠頭様ほど親しみやすく、柔軟で人情を重んじる懐の深い大名様にお会いしたことはない。それに、吉良上野介様ほど真面目一徹で、私利私欲を捨てて己の責務を果たそうとする高潔な人にお会いしたこともない。与惣兵衛は二人に対して、そんな尊敬の念をずっと抱いていた。ところが今や、世間に流布する二人のイメージは、与惣兵衛が知る実像とは正反対のものになっている。

浅野内匠頭は責任感が強く生真面目で、少し融通の利かない骨太の正義漢。そして吉良上野介は、自らの家柄を鼻にかけ、賄賂をばらまいて幕府を裏で牛耳り、私腹を肥やす極悪人。最近の江戸の市中ですっかり定着したのは、そのような人物像だ。

そうでなくとも、もとから吉良上野介は江戸の市民の間では人気のない人物だ。そこにあの事件が起こったことで悪印象が一気に増幅され、あっという間に彼は極悪人ということにされてしまった。

ただ、人気がないといっても、それだって別に吉良上野介自身の人柄に問題があったわけではない。単に、彼の身分と彼の置かれた立場が、周囲の反感を非常に買いやすいのだ。

吉良上野介は足利将軍家につながる名門の家柄に生まれ、京の朝廷と江戸の幕府の関係を取り持つ「高家」という役職にある。

高家はその高い家柄と教養を生かして京の公家たちと交流しつつ、幕府の代表として朝廷に対する折衝を行う立場にあった。彼らの役割は朝廷と幕府の良好な関係を取り持つことであり、それは幕府の安定した政権運営のためには非常に重要な職務なのだが、そんなことは世間一般の人々にとっては正直どうでもいい。

「あいつら、いい家柄に生まれたってだけで偉そうにしやがって」

世間の人々が高家に抱いている印象など、常にこの程度だ。

しかも吉良上野介は、高家の中でも別格の存在だった。彼は十八歳で初めて出仕すると、有能な高家として瞬く間に頭角を現した。彼は将軍の使者として生涯に二十四回も上洛しているが、この回数は高家の中でも群を抜いて多い。

幕府は天和三年（一六八三年）に、二十六家ある高家を束ねる責任者として「高家肝煎」という職を新しく設けた。初代の高家肝煎は、吉良上野介、大沢右京大夫《おおさわうきょうのだいぶ》、畠山飛騨守《はたけやまひだのかみ》の三人。しかしこの初代高家肝煎のうち、大沢右京大夫と畠山飛騨守はすでに亡くなっている。

よって、三人のうち唯一存命している吉良上野介の立場は、否応なく高くならざるを得ない。彼は幕府と朝廷をつなぐ架け橋の役を四十年近く務め続け、もはや余人をもって代えがたい存在となっている。

世間の印象としても、高家といわれて真っ先に挙がるのは吉良上野介の名前くらいで、それ以外の高家の名前を挙げられる人間はそれほど多くはなかった。

そして、それだけ優秀で有名だということは、それだけ妬まれ僻まれ、謂れのない誹謗中傷を受けやすいということでもある。

そんな吉良上野介が事件に遭い、当時の武士が揉め事を起こした場合の処分は「喧嘩両成敗」が鉄則であるというのに、なぜか無罪とされた。それどころか将軍綱吉から「全快したら心おきなく出勤せよ、老体なので十分に保養せよ」という見舞いの言葉まで賜っている。

この状況を前に、江戸中の誰もが思った。

きっと浅野内匠頭は、吉良上野介から陰湿なイジメを受けていたのだろう。それで我慢の限界を超えて、とうとう斬りかかってしまったのだと。

そして斬られた吉良上野介は、喧嘩両成敗で自分も切腹になるのを避けるため、幕府の上層部に賄賂をばらまき、まんまと無罪になったのだと。

高家に対して人々がなんとなく抱いていた悪印象とあまりにも合致する事件だっただけに、吉良上野介はあっという間に高家という「巨悪」の象徴的存在となり、浅野内匠頭は高家によって殺された悲劇の貴公子に祀りあげられた。

悲劇の貴公子は、ちゃんとその役どころに合った性格でいてもらわないと話が盛り上がらない。それで浅野内匠頭はいつしか「少し不器用だけど誰よりも生真面目で礼儀正しく、曲がったことが何よりも大嫌いな廉直の士」という性格にされた。そんな真っすぐな人物が無念の死を遂げるからこそ、話は盛り上がり高家の悪辣ぶりも際立つ。

まさか、そんな「生真面目で礼儀正しい」浅野内匠頭が実は、「おどれぁ何しとんじゃ。このボケカスがぁ！」などと乱暴な関西弁で叫びながら吉良上野介に斬りかかっていたと知ったら、「廉直の士・浅野内匠頭」を信じ込んでいる人たちは一斉にひっくり返るのではないか。

あの事件で、吉良上野介が何一つ腹黒いことをしていないことをよく知っている与惣兵衛は、世間の勝手な噂に対して怒りを覚えていた。

たしかに、今になって冷静に振り返ってみれば、与惣兵衛の目から見ても、吉良上野介の行動には「まずいこと」はいくつもあった。だが、それら「まずいこと」の全ては、吉良上野介にとってはどれも当然やらなければならない「必要なこと」だったのだ。吉良上野介自身はたぶん、最後までそれが「まずいこと」だったとは露ほども気づいていなかったはずだ。

その一方で、世の意見がこうも吉良上野介憎し一色に染まってくると、実は真実はそうとも限らないのではないか？　などと少し穿った見方を始める者も現れてくる。そういう者たちは口々にこう言って、混乱する町の噂にさらなる波風を立てようとする。

「浅野内匠頭は痞《つかえ》という病気にかかっていて、もともと精神薄弱状態にあった。そこに勅使饗応役の重責が降ってきたことで持病が悪化し、乱心して刃傷に及んだのだ。吉良上野介はただの被害者であり、彼に非はない」

たしかに、浅野様が痞の発作で苦しまれていたのは事実だ。だが、これも断じて真相ではない、と与惣兵衛は一切の迷いなく確信していた。与惣兵衛が自信を持ってそう断言できる理由は、浅野内匠頭の最後の言葉にあった。

「おどれぁ何しとんじゃ。このボケカスがぁ！」

この言葉が、浅野内匠頭が与惣兵衛の身を案じ、かばったために出た一言であるということを、与惣兵衛は痛いほどよくわかっている。その前にあった二人のやり取りを知っていれば、浅野内匠頭がそう叫んだのには歴とした理由があって、乱心した人の意味不明な叫びなどではないということは一目瞭然なのだ。

たしかにその言葉自体は汚く、とても一国の大名が使ってよい言葉ではない。だが、目下の者を慈しみ、優しくて情に篤い浅野内匠頭の人柄がよくにじみ出ているその言葉を思い出すたびに、与惣兵衛はいまだに涙が出そうになってしまう。

事件後、浅野内匠頭は責任を取って切腹し、赤穂藩浅野家も取り潰しになった。それでもその後、浅野家に何らかの温情が示され、浅野内匠頭の親戚筋の者を後継に立ててお家再興が果たせれば、浅野家の家臣たちの怒りや怨みも少しは収まるかもしれなかった。

しかし、与惣兵衛が幕府の組織の中で耳にしている限りでは、現時点でそのような方向に進む可能性は限りなく低かった。となると、ある日突然失業し、路頭に迷うはめになった浅野家の家臣たちは、吉良上野介への歪んだ憎悪を抱えたまま、先の人生の見通しも立たない無職の浪士として世に放たれることになる。

それが果たして、本当に正しい処分なのか。もっと穏便に、さまざまな人の顔を立て、揉め事を避ける方法があるのではないか。自分は取るに足らない七百石扶持の下級旗本だが、それでも何か、亡くなられた浅野内匠頭様と、すっかり悪者にされてしまった吉良上野介様のために、自分にできることはないものだろうか――そんなことをいくら考えたところで、下級旗本の与惣兵衛はあまりに無力だった。それで仕方なく、与惣兵衛はさっきから自分の日記に向かっている。

無責任な一般大衆にどれだけ怒りを覚えようが、薄情で冷酷な幕府に疑問を抱こうが、下っ端役人の与惣兵衛には何もできない。

しかし、ただ一つだけ、この世で彼にしかできないことが残されていた。それは、あの日起きた出来事を、できるだけ誤解を残さないような形で克明に日記に残すことだ。

与惣兵衛は今のところ、日記を自分から進んで他人に読ませるつもりはない。だが事件の重大性からいって、彼の死後、いずれこれが世の人々の目に晒されることは彼にも容易に想像がついた。

その時この日記は、事件の一部始終をもっとも近くで見届けた人間が書き残した、もっとも事実に近い記録になる。そして、根も葉もない噂に捻じ曲げられていない、ありのままの真実を後世の人間に向けて語ってくれるはずだ。

私はこの日記を、逃げずに最後まで書き抜く。

そのことこそが、無責任な世間と幕府に対する、自分の最大限の反抗なのだ。そして何より、大変お世話になった浅野様と吉良様、尊敬するお二方に対する、私の精一杯の恩返しでもある。

しばし沈思したのち、与惣兵衛は静かに筆を取り直した。そして、凶行に及ぶ直前に浅野内匠頭が発した「おどれぁ何しとんじゃ。このボケカスがぁ！」という言葉の代わりとして、「此間の遺恨、覺えたるか（この前の恨みを覚えているか）」という言葉を書いた。

もちろん、「おどれぁ何しとんじゃ。このボケカスがぁ！」と「この前の恨みを覚えているか」では微妙に意味が違う。それにこの書き方にしたところで、浅野内匠頭が吉良上野介にどんな「遺恨」を抱いていたのかという謎はどうしても残ってしまう。

だが、「遺恨」の中身を正確に全て書いてしまうと、その内容は二人の仕事の進め方に対する批判を、ある程度は含まざるを得なかった。七百石扶持の下級旗本にすぎない与惣兵衛に、そのような内容を書き残すことなど到底無理だった。

与惣兵衛は、この事件は浅野内匠頭と吉良上野介の人柄や能力に、何らかの欠陥があって起こったものではないと考えている。彼に言わせれば、むしろ二人とも非常に有能で、人間としても素晴らしい人物だった。

二人とも方向性は全く違うが、それぞれに優秀で、それぞれに人間臭く、それぞれに少しずつ過ちを犯した。それが事件が起こった原因であり、あえて言うとするなら、どちらかが悪かったのではなく、ただ「相性が悪かった」のだ。

ただし、それもあくまで、事件を横から眺めていた与惣兵衛の目から見た一つの意見にすぎない。事件の加害者と被害者である浅野内匠頭と吉良上野介自身が、いったいどんな思いでこの事件に至ったのか、それは当人以外の誰にもわからないことだ。

私の記述に多少、謎が残ってもそれは仕方がない。この日記を残すことが、私にできる精一杯のことだ。その内容が後世の人にどう解釈されようとも、自分の全力を尽くした私にもう悔いはない。そう決意を固めた与惣兵衛は、背筋を伸ばして文机の前に座りなおすと、三月十四日の日記をきれいに清書し直した。

そして、彼の手元に大量に残っていた、当日の夜に事件について書きなぐった書き置きをくしゃくしゃに丸めると、灯明の火を移して一つ残らず焼き払ってしまった。

二．元禄十三年　十二月十五日（事件の三か月前）

その日、呉服橋にある吉良上野介の屋敷は、多数の下人たちが早朝から慌ただしく駆け回り、貴人たちを迎え入れる準備をしていた。

吉良家の屋敷に勤める者にとって、この来客は毎年の恒例行事であった。

ただでさえ忙しい年の瀬に、これだけの錚々たる来訪者たちを迎え入れるのには並々ならぬ苦労があったが、吉良家の者たちは「これこそ高家肝煎筆頭のお役目」と、むしろ誇らしげに胸を張って、手際よくこの日に向けた準備を進めていった。

広大な屋敷の一番奥に、正装した七人の男たちが向かい合って座っている。

上座側に座る五人は高家筋の人間で、現職の高家肝煎である吉良上野介義央、畠《はたけ》山《やま》民部《みんぶ》大輔《たゆう》基玄《もとくろ》、大友《おおとも》近江守《おうみのかみ》義孝《よしたか》の三人と、高家の中から選ばれて今回の饗応役を担当することになった、畠山《はたけやま》下総守《しもうさのかみ》義寧《よしやす》と品川《しながわ》豊前守《ぶぜんのかみ》伊氏《これうじ》の二人。

下座側に向き合って座るのは大名で、赤穂藩五万石を治める浅野内匠頭長矩と、伊予吉田藩三万石を治める伊達左京亮宗春《だてさきょうのすけむねはる》の二人だ。

二人の大名の後ろには、金銀の水引で美々しく飾りつけられた目録が、白木の三方の上に乗せられて高家の人数分だけ置かれている。このあとに大名から高家に渡される謝礼の品々の目録である。

七人の貴人たちからずっと下がったところに、十五人ほどの男たちが恐縮した面持ちで畏まって座っていた。その中に梶川与惣兵衛の姿もある。居並んだ貴人たちを支えてこまごまとした実務作業を担当する、江戸城詰めの下級旗本たちだ。

一同は今年の三月十一日から十八日にかけて行われる、勅使奉答の儀式に向けた初回の打ち合わせのために一堂に会していた。


年に一度のこの重要行事の企画・実行を担当する饗応役には、数万石程度の石高を持つ外様大名が命じられる。それでこの年、勅使の饗応役に内定したのが浅野内匠頭で、院使の饗応役に内定したのが伊達左京亮であった。

とはいえ、饗応役の役目は、命じられた大名たちだけでは到底務まらない。

基本的に大名などというのは、戦国時代に武力で今の地位を新しく勝ち取った、成り上り者の子孫にすぎない。天下泰平の江戸時代で何代か代替わりするうちに多少は文化的に洗練されたとしても、所詮はただの田舎の地方領主である。そんな無骨な連中に、ややこしい伝統と厳しいしきたりに縛られた朝廷の使者の接待をやらせるなど、最初から無理があるのだ。

そこで、朝廷の儀式に詳しい高家たちの出番になる。

彼らが大名の指導係となって、礼儀作法から儀式の手順までを徹底的に叩き込んで、大名たちが饗応役を無事に務めあげるために必要な支援をするのである。

これは幕府が命じる任務なので大名たちに拒否権はなく、仕事だと割りきっておとなしく従うしかない。とはいえ、最大でも五千石程度の石高しか持たない高家が、数万石の石高を持つ大名に偉そうに礼儀作法を指導するという光景は、大名たちにとってあまり気分のいいものではなかった。

自分の国に帰れば、主君である自分には誰一人として逆らえない。それなのに江戸では自分よりずっと収入の少ない人間に偉そうに指導される。その屈辱感に加えて必要な出費も多く、勅使・院使饗応役は、大名にとって本音ではできるだけ任命されたくない仕事の一つだった。

なお、饗応役の正式な任命は二月四日だが、そこから用意を始めていたら到底準備が間に合わないので、十二月の中旬には関係者にだけ非公式の内示が出されるとともに、こうした形で水面下の準備が開始される。

今日吉良邸で開催されているのは、勅使・院使饗応役の内示を受けた浅野・伊達両名と、指導役を務める高家たちが初めて出会う、顔合わせの会であった。

吉良上野介が、にこやかに浅野内匠頭に声をかけた。

「浅野殿は大変久しゅうござるな。前に饗応役を務められた時は、まだ凛々しき若武者という風情であったが、今や赤穂藩の藩主としての貫禄も十分。実に喜ばしい限りじゃ」

「は。上野介様におかれましても、ますますご壮健のご様子で、心よりお喜び申し上げます」

浅野内匠頭が勅使の饗応役を務めるのは、実はこれが初めてではなかった。彼が最初にこの役を務めたのは今から十八年前、まだ彼が十七歳だった頃のことだ。

「ほう。浅野殿と吉良殿はすでに一度、饗応役を共にお勤めになられておられたのか。これは心強い」

そう言って、高家筋の列に並んだ畠山民部大輔基玄が能天気に大声でカラカラと笑った。一堂に会した七人の中で、彼がもっとも年長で六十五歳である。なぜ隠居しないのかと煙たがられるような高齢だが、年齢と経験が重んじられる高家という特殊な職業柄、まだまだ現役でも問題ないと形のうえでは見なされている。

吉良上野介は懐かしそうに言った。

「あの時はそれがしも、まだ不惑を過ぎたばかりの働き盛りであった。浅野殿はちょうど、いまの伊達殿と同じくらいの御歳であったかの」

「はい。だいたいその程度の年齢かと……失礼ながら伊達殿、御歳はいかほどで」

並んだ七人の中では格段に若い伊達左京亮宗春が、緊張した表情で答えた。

「今年で十九になります」

「おお、そうでござったか。拙者が前に勅使の饗応役を仰せつかったのは十七の時であったから、たしかに吉良様の仰るとおり、ちょうど貴殿と同じくらいの歳の頃であったな。初めてのご公儀の大役、緊張もしておられようが、何しろ我々には吉良様をはじめ、高家の皆様が指南役として付いてくださる。安心してお役目に就かれるがよかろう」

ガチガチに畏まって律義に頭を下げる、年若い伊達左京亮の姿を見て、浅野内匠頭は目を細めて優しい笑みを浮かべた。彼は目上の人間には何かと意地を張ってつっぱるが、目下の者に対しては理由もなくひたすら目をかけて可愛がるという類の男だった。

「吉良様、何卒ご指導ご鞭撻を賜りたく、よろしくお願い申し上げます」

「いやいや伊達殿。貴殿が頭を下げるのはこの白髪頭ではござらぬぞ。貴殿の直接の指南役は儂ではなく、この品川殿じゃ。儂のような爺ではなく年若い者同士のほうが、気安く相談できるであろうかと思うてな」

そう言って吉良上野介は、下座に座る品川豊前守伊氏のほうを笑顔で指し示した。三十二歳の品川豊前守は洗練された優雅な所作で、自分よりも年若い伊達左京亮に恭しく頭を下げた。

和やかに進む会話の中心には、いつも吉良上野介がいた。

高家の筆頭である高家肝煎は三人いて、名目上この三人は同格である。しかしこの会は吉良上野介の屋敷で開かれており、進行を取り仕切っているのも彼だ。残りの二人の高家肝煎である畠山民部と大友近江守は、ただ雛人形のように上座に座って、ときどき毒にも薬にもならない言葉をはさむだけだ。

吉良上野介はふと、思い出したように浅野家の家臣について尋ねた。

「そういえば浅野殿、大石《おおいし》殿は息災であるか。前回のお役目の時に、すでにかなりの御歳を召されておったから……」

「は。大石頼母助《たのものすけ》はご賢察のとおり、饗応役のお役目をつつがなく済ませたすぐあとの五月に、まるでお役目の終わりを見計らっていたかのように、安らかに身罷りましてござります」

「なんと！　饗応の時には病を患っておられるご様子もなかったが、ずいぶんと急なことじゃ」

「はい。四月には拙者の婚儀があり、その時も全く息災であったのですが、婚儀を終えると突然体調を崩しました。そしてそのまま苦しむ様子もなく、二、三日床に臥せて息を引き取りましてございます」

「そうでござったか……きっと重責を果たされ、この世への未練もなく、安心して行く末へ旅立たれたのであろうな。大石殿は、まだ年若かった貴殿を裏から支えた、まさに忠義の士であった。彼には本当に世話になった。改めて礼を言いたい」

吉良上野介が軽く頭を下げると、浅野内匠頭は大げさに恐縮してみせた。

「そのようなありがたきお言葉、大石家の跡取りが聞けば大いに喜びましょう。恐悦、痛み入ります」

「ほう。大石殿のご子息が」

「はい。大石内蔵助《くらのすけ》と申しまして、頼母助の甥に当たる者なのですが、今は大石家の家督を継いで、わが藩の国家老の筆頭を務めております。歳は拙者の七つ上、拙者にとってはまるで兄のような存在にございます」

「ほほう。あの大石頼母助殿の甥御とあらば、さぞや知恵と懐の深さを兼ね備えた、有能な士であることに相違あるまい。

国家老は藩主の留守を預かる大事なお役目ゆえ、そうそう容易に江戸に出られることはなかろうが、是非いつかお目にかかりたいものだ」

「恐縮にございます。国元にいる内蔵助も、泉下の頼母助も、上野介様よりこのような過分のお言葉を賜り、心から感謝することでありましょう」

和やかに進む会話を聞きながら、今年の饗応役は比較的容易に事が進むかもしれないな、と与惣兵衛は安堵した。

七百石扶持の旗本である与惣兵衛は、大奥御台所付き留守居番の職にある。勅使奉答のような将軍家の年中行事があると、与惣兵衛のような下級旗本たちは実働部隊となって大名と高家の間に立ち、両者からの指示に従ってこまごまとした雑務をこなしていく。

その時、饗応役を務める大名と指導担当の高家の人間関係の良し悪しは、与惣兵衛ら実働部隊にとって、この仕事が天国となるか地獄となるかを分ける大問題なのだ。もし、今のようないい雰囲気のまま三月中旬の本番まで行ってくれたら、今年の饗応役は気苦労も少なく、我々のような下っ端の担当者としては本当に助かることだと与惣兵衛は思った。

その後、一同は浅野家が新たに召し抱えた家臣、堀部安兵衛《ほりべやすべえ》の話などで和やかに談笑した。

世に名高い「高田馬場の決闘」に助太刀し、獅子奮迅の大活躍を見せた浪人の中山《なかやま》安兵衛は、武勇に優れ義にも厚い勇士だと瞬く間に江戸中の人気者になった。その中山安兵衛はいま、浅野家の元江戸留守居役、堀部弥兵衛《やへえ》の婿養子となり、堀部安兵衛と改姓して浅野家の家臣になっているのだ。

浅野内匠頭と面談する者は決まってこの有名人の話を聞きたがったし、浅野内匠頭も喜んで彼にまつわる痛快な逸話を楽しそうに語った。こういう社交の場で出すには格好の話題だった。

そんな気安い雰囲気でひとしきり雑談をしたあとで、仕事に気持ちを切り替えるように、吉良上野介は急に引き締まった口調になって全員に呼びかけた。

「さて、このたびは十八年前にも同役を務められた経験豊富な浅野殿がおられるので、儂としても大船に乗った気持ちではあるが、一つだけ気をつけねばならぬことがある。

実は今年は、江戸の将軍様から京の天子様と上皇様への年賀の使者の役を、儂が務めることになっておる」

その言葉に、場の一同が少しだけざわついた。

朝廷と幕府の新年の挨拶は、まず一月五日から十日頃に、将軍の新年の挨拶を伝える幕府の使者が京を訪れるところから始まる。昨年はこの使者の役を高家肝煎の大友近江守が務めたが、それを今年は吉良上野介が務めるというのだ。

江戸と京を行き来するには通常、片道十五日程度かかる。つまり往復の移動だけで一か月は必要になる。さらに現地で行う仕事に何日が必要になるのか。

三月十一日から始まる本番まで、準備期間はあと約三か月ある。しかし、そのうち少なくとも一か月以上は、頼れる吉良上野介が不在の状態で進めなければならないということだ。これはかなり心許ない。


ざわつく場を落ち着かせるように、吉良上野介は平然と穏やかな笑顔を浮かべながら一同をたしなめた。

「いや、いや。たいしたことではない。長らく高家肝煎が儂一人という状態が続いたせいで、決まり事がずいぶんと曖昧になってしまっていたが、年賀の使者として京に上がる役は本来、三人の高家肝煎が順番で持ち回りするものじゃ。儂がいなくとも、江戸には高家肝煎のお二人が残っておられるわけであるし、浅野殿には過去のご経験があるし、儂は何も心配はしとらん。浅野殿も伊達殿も、我々高家衆の言いつけをしっかり守ることだけを心掛けていただければ、何一つ心配はいらぬぞ」

吉良上野介は事もなげにそう言うが、江戸に残される浅野内匠頭と伊達左京亮、そして梶川与惣兵衛ほか担当の旗本たちにとってはたまったものではない。

形式上、三人いる高家肝煎は全員が同格ということになっている。だが、三人の中で吉良上野介の能力と経験だけが明らかにずば抜けて高いため、実質的には吉良上野介が高家の職務の全てに目を配り、あらゆることを取りしきっている。ほかの二人はただ何もせず座っているだけだ。

その吉良上野介が、今年に限って将軍の使者となって長期間江戸を不在にしてしまうという。順番とはいえ、準備する側にとっては大変不運な年であることに違いはない。

「もちろん、皆様のご懸念もあろう。そこで念のため、準備の進捗を書状に記して、皆様から十日ごとに儂に送っていただきたいのじゃ。江戸と京は早飛脚で四日あれば届く。そちらから送られた書状を読んだら、すぐに儂は気づいたことを記して返信する。そうやってお互いに綿密に連絡を取っていれば、準備も問題はなかろう。ただ、くれぐれも十日ごとの進捗の報告を怠ることのないように。その点のみ、ゆめゆめご承知くだされよ」

浅野内匠頭は不安げな表情で尋ねた。

「して、吉良様はいつ頃から京に向かわれて、いつお戻りか」

「十八日には江戸を発って、一月二日には京に着いておきたいと思っておる」

「おお。つまり、ご出立まではあと三日しかないと。これは慌ただしいことでありますな。そしてお戻りはいつ頃」

「二月二十九日」

「なんと！」

再び場がざわつく。勅使と院使が江戸に到着するのは三月十一日だ。吉良上野介が江戸に戻ってきてから、たった十日あまりしかない。これでは準備期間中のほぼ全部で、吉良上野介が不在ということではないか。こんなことで本当に準備が間に合うのか。

「それはまた、ずいぶんと長い間、京に留まられるのでございますな。ちなみに、朝廷へのご挨拶は何日頃に行われるのですか」

不安げな浅野内匠頭に、吉良上野介は晴れ晴れとした顔で平然と答えた。

「朝廷へのご挨拶は一月の六日じゃ。だが、将軍の年賀のお遣いは、ただ天子様に新年のお慶びを奏上するだけの役目ではない。そのあとにも仙洞、女御様、主だった公家衆、寺社、京都所司代……いろいろと挨拶すべき先も多く、それも単なる形だけの挨拶で終わるわけではない。当然のことながら政の話もするから、実はこれだけ長逗留しても、時間の猶予はほとんどござらん」

「しかし、それはあまりにも不安……」

浅野内匠頭が深刻な顔で懸念を口にしようとしたところで、高家肝煎の大友近江守が不愉快そうな顔で口をはさんだ。

「不安とは何ぞや。昨年の饗応役では儂が京への使者を務めたが、やはり十二月の今頃に江戸を立ち、二月の末に江戸に戻ってきたわ。吉良殿の京滞在は、昨年と長さは全く同じじゃ。勅使様と院使様のご到着時期も昨年と同じ。それで昨年は何の問題も起こっていないのに、今年は不安だとは。それはいったいどのような意味かの？」

　その場にいた誰もが、「あなたが吉良上野介様よりもずっと頼りないという意味です」と心の中で叫んだ。だが、高家肝煎にそのような詰問口調で言われてしまうと、もう何も言い返せない。

　気まずい空気で場が静まり返ってしまったところで、雰囲気を切り替えるように、明るい声で吉良上野介が言った。

「だからこそ、十日ごとの書面での報告と相談が肝要だと儂は申しておるのじゃ。おわかりかな皆様。そもそも四年前まで、畠山下総守殿の御父上が亡くなられて以来、高家肝煎は一人欠けたまま、もう十年以上も拙者と大沢右京大夫殿の二名で回しておったのじゃぞ。その大沢殿も、最後の数年は病に伏せておられたから、実際にはほとんど拙者一人が全てを差配しなければならなかった。その頃は本当にてんてこ舞いだったわ。

　それと比べたら、高家肝煎が三人に戻った今のほうが、ずっと状況はよくなっておろう」

吉良上野介はそう言って朗らかに笑ったが、それをはるか下座で聞いていた与惣兵衛は「とんでもない」と全く逆のことを思っていた。

知識も経験も乏しく責任感もない、率直に言ってしまえば「全く使えなくて邪魔なだけ」な補充の二人が下手に加わってしまっている今よりも、頼れる上野介が一人で全てを指示していた四年前までのほうが、判断は早くて指示も一貫していたし、よっぽど円滑に事が運んでいた。それが、実務部隊にいる与惣兵衛の正直な感想だった。

与惣兵衛は、ご公儀は高家肝煎の人選について考えがなさすぎると、もう何年も不満を抱き続けている。上層部の無策が、じわじわと現場に悪影響を及ぼしつつあった。

今から十七年前、初代の高家肝煎に命じられた吉良上野介と、畠山飛騨守義里《よしさと》、大沢右京大夫基恒《もとつね》の三人は、全員が有職故実に精通した朝廷対策の専門家で、まさに適材適所の人選だった。

しかしこの三人は、あまりにも偉大すぎたのだ。

畠山飛騨守が貞享三年（一六八六年）に六十五歳で隠居すると、居並ぶ後任候補たちはどうしても偉大な畠山飛騨守と比べられてしまい、どこか小粒といった印象をぬぐえなかった。

家督を継いだ息子の畠山下総守義寧は当時まだ二十二歳。しかもその時の義寧は、高家の職に就いてすらいなかった。彼は偉大な父の跡を継いで地道に高家の仕事を究めるよりも、将軍綱吉の小姓となって将軍に気に入られて、手っ取り早く立身出世を目指そうという安直な道を選んでしまっていたのだ。

結局、彼はその後、将軍綱吉に気に入られるどころか逆に不興を買って小姓を辞めざるを得なくなり、仕方なく今さらながらに高家の職に戻るのだが、畠山飛騨守の息子というのは、所詮その程度の男だった。そんな軽薄な跡継ぎに、責任ある高家肝煎の後任など到底務まるはずもなかった。

組織の将来のことを考えたら、幕府はそこで、多少小粒であっても目をつぶって、すぐに畠山飛騨守の後任を定めるべきであったろう。

人間は、地位によって育つという面が多少なりともある。最初は「こんな頼りない奴が高家肝煎だと？」という不安しかなくても、実際にその職に就いて仕事をこなし、周囲からも高家肝煎としての職責を期待され、本人がそれに必死で応えているうちに、大抵は自然とその役職にふさわしい風格と技能をいつの間にか身につけていくものだ。実際、周囲の「慣れ」というものもある。

たしかに現時点では、後任者たちは小粒で頼りないかもしれない。しかし、この高家肝煎という職が今後、何百年も引き継がれていくことを考えていけば、ふさわしい後任者がいないなどという理由で長期間空席にしておくことは、組織として決して望ましいやり方ではなかった。

だが結局幕府は、「現状、二人でも問題は生じていないから」という理由で問題を先送りし、ズルズルと高家肝煎の二人体制を続けてしまった。

畠山飛騨守が隠居した当時、残された二人の高家肝煎の年齢は、吉良上野介が四十五歳で大沢右京大夫が三十歳。吉良上野介はそろそろ老境に差しかかる頃だが、大沢右京大夫はまだまだ働き盛りだ。その時点ではまだ、高家肝煎の二人体制というのはそこまで悪い判断ではなかった。

問題は、その状態を漫然と十二年も続けてしまったことにある。

状況が一変したのは、大沢右京大夫が体調を崩し、元禄十年（一六九七年）に四十二歳の若さで亡くなった時だった。

そこで初めて幕府は、朝廷との良好な関係維持の鍵をにぎる高家肝煎という重要な役職のお寒い現状を自覚した。それで今さらながら、本腰を入れて対策を考え始めたのである。

幸いなことに、六十歳近い高齢の吉良上野介は、今のところ健康そのものだ。しかし還暦を過ぎている以上、いつ体調を崩して職務継続が不可能になっても全くおかしくはない。

　慌てた幕府は、その時点で在籍している高家の人間の中から、大急ぎで畠山民部大輔基玄と大友近江守義孝を新たな高家肝煎に任命した。今まで十年以上も後任を決めなかったというのに、二月二十九日に大沢右京大夫が亡くなり、三月八日にはもう二人が任命されるという慌てぶりだった。


　与惣兵衛は、高家肝煎の後任選びを十二年もほったらかしにしていた幕府の無責任さに怒りを覚えていたが、切羽詰まった挙句に、場当たり的に決めた後任の人選についても腹を立てていた。新しく加わった大友近江守は吉良上野介と同い齢、畠山民部は四歳も年上だ。後任者が揃いも揃ってこんな高齢では、いつまた新たな後任者が必要となっても不思議ではなく、これでは何の後継にもなっていない。本来なら、将来の成長を期待して、もっと若く働き盛りで経験豊富な人間を高家肝煎の職に選ぶべきではないのか。

　だいたい、大友近江守も畠山民部もかなりの高齢だが、高家職に就いて活動をしている期間は、大友近江守が十三年、畠山民部に至ってはたったの五年にすぎない。

　畠山民部は高家の家の生まれだが、若い頃は将軍綱吉に気に入られ、綱吉の側用人を務めていた。高家の職と幕府の職は兼務できない決まりなので、その間は形式として高家を離れている。

それが今から十年前、畠山民部は突然綱吉の怒りを買って側用人を免職となってしまった。年齢からいって、それを機に隠居しても全くおかしくはなかったが、彼はほとぼりが冷めるまで五年ほど待ったあと、しれっと高家の職に舞い戻った。そしてその後、齢六十にしてまんまと高家肝煎の職にありついたのである。

そんな、高家職としての経験も能力も全く無視した人事がまかり通ってしまったことからも、幕府がたいした考えもなく、ただ単に今いる高家の中から年功序列だけで後任を選んだのは一目瞭然だった。


浅野様と吉良様の御仲もめでたく、最初はよろしいかと思ったが、今年の饗応役は思ったよりも難渋するかもしれぬな——与惣兵衛はみぞおちに重い石を載せたような苦しさを感じたまま、貴人たちの話を下座で固まりながら聞き続けていた。

三．元禄十三年　十二月十六日（事件の三か月前）

「せやかて、肚の内ではどう思うとろうが、まずはお互いに形だけでも仲ようせんことにはな。ま、今後ともよろしく頼んます」

そう言って人懐っこい笑顔を浮かべ、浅野内匠頭が軽く頭を下げた。梶川与惣兵衛は慌てて「もったいないお言葉にございます！」と叫んで額を板の間に擦りつけ、恐縮の気持ちを全力で表現した。浅野内匠頭は愉快そうに笑っている。

「ははは。そこまで畏まらんでもええで。ここはうちの屋敷や。梶川殿しかおらんから、人に聞かれたらエライこともさっきからガンガン言うとるしな儂。屋敷の中だけは儂も、外じゃ絶対使えんような赤穂の言葉を使とるのや。江戸の言葉は、まあ、なんちゅうか。堅苦しくてアカンな」

「さようでございますか。何分にも拙者は旗本の家の生まれでございまして、生憎と親戚筋も含めて全て江戸生まれの江戸育ちでありますゆえ、この堅苦しい言葉以外を存じておりませぬ。それゆえ、『故郷の言葉』という感覚がいまいち腑に落ちないのでございます」

「せやな。梶川殿にとってはこの江戸が故郷やねんもんな」

いや、あなたの故郷も江戸でしょうが。

この殿様は、だいぶ無理をなされておる。

屈託なく笑う浅野内匠頭の笑顔を見ながら、与惣兵衛はそう思った。


十二月十五日に開かれた吉良邸での顔合わせが終わった直後、帰ろうとした与惣兵衛は浅野家の者に呼び止められた。藩主の浅野内匠頭の命で、与惣兵衛を浅野家の江戸屋敷に招待したいのだという。

顔合わせの席で下座に控えていた与惣兵衛の姿をたまたま浅野内匠頭が見かけ、懐かしく思ったのが理由であるらしい。

与惣兵衛は、拙者ごときが畏れ多いと言って再三必死で辞退したが、浅野内匠頭の主命を帯びてしまっている浅野家の者も、辞退されてハイそうですかと簡単に引き下がることもできない。

結局、浅野家五万石の藩主が自らお声がけくださっているのに、いち旗本風情がそのご招待をお断りするのも逆に失礼ということになり、仕方なく与惣兵衛は翌日、浅野家の江戸屋敷に向かったのだった。

「おお梶川殿。昨日は遠目からちょっと見かけただけやねんけど、あれ絶対梶川殿やろと儂はすぐにわかったで。もうあれから十八年も経つねんけど、全然変わらへんなぁ」

開口一番、浅野内匠頭はくだけた関西弁で懐かしそうにそう言った。

今から十八年前、浅野内匠頭が一度目の勅使饗応役を務めた時、与惣兵衛は御書院番の職にあって、細かい補佐役の仕事を担当していたのである。

その時に与惣兵衛は、当時十七歳の青年藩主だった浅野内匠頭に対しても、何度も諸事項の報告や相談をしていた。勅使到着の直前になると、与惣兵衛は毎日のように浅野家屋敷で江戸家老の大石頼母助と打ち合わせをしていた。あまりに足しげく浅野家に通うものだから、梶川殿はまるで浅野家の家臣のようだと、皆が冗談で言い合っていたほどだ。

浅野内匠頭にとって、与惣兵衛は当時を知る懐かしい顔なじみで、今回のお勤めに当たっては実に心強い仲間だった。そのためこうして、わざわざ名指しで屋敷に招待して、二人だけで話をしたいということになったのだった。

前回の饗応役が終わった直後に亡くなった、大石頼母助にまつわる思い出話。今となっては笑い話だが、当時は真剣に悩んで対応した十八年前のさまざまな揉め事の数々。

片や五万石の領土を持つ藩主、片や七百石扶持の名もなき小旗本。本来なら、こんな身分違いの二人が直接雑談をするということ自体が大変珍しいことだ。こんな破天荒な面談が行われていると知ったら、それだけで眉をひそめる者も多いだろう。

しかし、これが浅野内匠頭の普段からのやり方なのか、浅野家の家臣たちは特に戸惑う様子もなく平然としていた。それどころか、浅野内匠頭が関西弁で児小姓頭《こごしょうがしら》の片岡源五衛門《かたおかげんごえもん》を呼びつけると、彼も関西弁で答えるのである。国元ならまだしも、来客の目の前でそんなことをする大名家など、ほかに見たことがない。

浅野家の家臣たちはこのような浅野内匠頭に心服していて、気さくで親しみやすい素晴らしい殿様だと敬愛している様子だった。だが、幕府の役人として江戸の封建社会にどっぷり浸かって生きている与惣兵衛は、全く違った感想を抱いた。

どうやら、浅野様は形式ばったことを嫌い、上下の別を重んじず、誼を通じ合うことを一番に考える方のようだ。だが、この殿は危うい。これでは家臣に示しがつかぬ。

この時代、主君の不用意な冗談や軽口一つで、家臣がその意図を勝手に憶測し、責任を感じてあっさりと切腹してしまうということが普通に起こった。集団や組織の中での以心伝心や忖度、暗黙の了解といったものが極端に重視されていて、「言わなくとも目で通じる」ことが、尊いものというよりは「当然あるべきもの」とされていた。

だから、何百人という家臣たちの人生を簡単に左右できる独裁権力を持つ大名たるもの、そうそう簡単に自分の思いを口に出すわけにはいかなかった。心の動きをうかつに表情に出すことも危険だ。

殿の一言は金の重み。殿がいったん発した言葉は、すなわち事実であり、絶対の命令である。うっかり間違ったから訂正とか、取り消しなどはありえないのだ。

そうなると当然、大名や将軍といった地位の高い人間は、公式の場での口数が極端に少なくなった。主君はずっと仏頂面で黙って座っているだけで、側に控える家老が、主君の指示事項のほぼ全てを代読して家臣たちに伝える。主君はただ「それでよし」という最終承認の意志を表情で示すだけだ。

それが主君の「威厳」であり、無駄口を叩かずに厳粛な雰囲気だけで家臣を畏れさせ、自分に従わせる主君こそが名君とされていた。

もちろん浅野内匠頭も、公式の場で家臣と接する場合には、当時の一般的なやり方には逆らわず、ただ座って「うむ」と重々しくうなずくだけである。

しかし彼は、そのやり方では家臣の本音がわからぬ、これでは全然面白くない、と常に不満だった。それで、何かと理由をつけては下級の家臣を個別や少人数で呼びつけ、小うるさい周囲の目がない個室で酒を飲ませつつ、彼らから忌憚のない生の話を聞くことを好んだ。その際には江戸の侍言葉ではなく、家臣たちが日常会話で使う関西弁で語らうのが常だった。

そのような藩主の取り組みは表向き極秘とされていたが、当然のことながら参加した家臣たちの口から噂として徐々に漏れだすので、赤穂藩の家中で知らぬ者はいない。

形式ばった、堅苦しい幕府の組織の中で暮らす梶川与惣兵衛の目からすると、このような浅野内匠頭のやり方は危なっかしいもののように見える。

だが、与惣兵衛のような部外者の心配など無用とばかりに、赤穂藩の藩士たちは誰もが浅野内匠頭に心服していた。下々の自分たちにも心を配り、小さな声に耳を傾けてくださる立派な殿様じゃ、この殿様のためなら命を捨てても惜しくはない、と感激して熱い忠誠を誓う家臣が赤穂藩には非常に多かった。

そういう点では、浅野内匠頭はまぎれもない名君だった。


思い出話にひとしきり楽しく花を咲かせて、場がどことなく打ち解けてきたところで、浅野内匠頭は苦笑しながら言った。

「正直な。儂は高家衆みたいなんが、いっちゃん気に食わんねん。源氏だか足利だか、高貴な家柄だかなんか知らんが、昨日もあーだこーだ、いらんことばっかギャーギャーとな。うるさいわ。黙れっちゅーねん、なぁ？」

浅野内匠頭は人懐っこい笑顔を浮かべながら、平然と不穏な言葉を口にする。根っからの幕府の役人である与惣兵衛は、それを聞いて恐怖のあまり全身の血がキュッと凍りついて、とっさに「いやぁ……」と呻くしかできなかった。

　自分の屋敷の中でほかには誰もいないから大丈夫というが、浅野内匠頭のやり方はあまりにも不用心すぎるだろう。いつどこで誰がこの話を聞いていて、いつそれが外部に漏れるかわかったものではない。


「いえ……。浅野様のお気持ちはお察しいたしますが、何分にも、高家というのは何かと世の悪い評判を受けやすいお役目でございますゆえ……。しかしながら、実際にともにお勤めをしてみますと、吉良様をはじめ、皆様大変素晴らしい方にございます」

　不自然なほど大きな声で、与惣兵衛は白々しくそう言った。もし万が一この会話が外部に漏れた場合、自分は決して高家の悪口は言わず逆に擁護しましたという証拠を残しておくための、保身目的の一言だった。

　そんな与惣兵衛の役人根性を態度から感じ取ったか、浅野内匠頭は口元をわずかに上げて、少々意地の悪い笑顔を浮かべて機嫌よさそうに言った。

「まぁたしかに、高家の中でも吉良様はたいしたもんやな。でもな。あの場にいた五人の高家の中でマトモなんは、せいぜい吉良様と品川豊前守の二人くらいなもんやで。あとの三人はしょーもな」

「はあ……」

「口ばっかり偉そうなこと言うて、ちーっとも役に立たん畠山民部の耄碌じじいと、吉良様の腰巾着で肝煎にさせてもらっただけで、おるかおらんのかもわからん、霞のような大友近江守。若いほうの畠山は、親父が先代の肝煎だったたってだけの親の七光りやな。だいたいアイツ、ずっと高家を辞退して上様の側用人やっとったのに、上様の勘気を被ってクビになった無能やないか。で、今さらのように泣きついて、もう一度高家職に戻してもらってんねや。だからアイツ、高家の勉強なんて、ちーっともしとらん。もう使えん使えん」

その時の与惣兵衛は、少しでも早くこの危険な会話を切り上げて別の話題にいかねば、ということばかり考えていて、会話の中身はちっとも頭に入ってこなかった。ほとんど割り込むような形で、与惣兵衛は慌てて会話に自分の言葉をねじ込んだ。

「でも！　でも……ですよ浅野様。品川豊前守様はお認めになっておられるんですよね？」

「せやな。品川豊前守は儂よりも年下やけど、アイツはしっかりしとるわ。高家にしちゃ珍しく銭勘定の話が通じるし、受け答えも上手や。勉強もちゃんとしとるわな。アイツだったら儂も認めるわ。あーあ。アイツが勅使のほうの指南役担当やったら、今回はだいぶマシやったんやけどな。なんで伊達のほうの院使の指南役になっちまったんやろうなぁ」

与惣兵衛は、他愛のない気楽な愚痴と悪口ばかりの会話を、何とかして前向きな方向に持っていきたいと必死だ。

「ですが浅野様。世間の印象とは違って、吉良様も銭勘定の話は意外と、地に足のついたお考えをされる方でございます。何だかんだ言いつつも、最後は全てきちんと収めてくださるものかと。拙者も幕臣の立場で、京の天子様にまつわるさまざまな行事や儀式などに長年関わっておりますが、恐れながら吉良様は、非常に話の通じやすい、頭の柔らかい方だと存じ上げております」

必死の形相で高家衆を持ち上げようとする与惣兵衛の真面目くさった態度を見ながら、浅野内匠頭は満足げに目を細めた。十八年前にともに仕事をした時と実直さが全く変わっていないことを実感し、安心したようでもある。

「まぁたしかに、吉良様は決して立場を悪用したりとか、無茶を言ったりとかする方ではないというのは、儂も重々わかっとうよ。前の饗応役の時に、あの大石頼母助がいつも感心しとったからな。

ただな。吉良様もな、あの顔合わせの時の話しぶりを見とったら、なんか儂のこと未だに十七の餓鬼と思とるみたいやん。ホンマ『あの頃と一緒にすなボケェ』と一発張り倒してやろかと思ったわ。まぁ上様から命じられたお役目の場で、最初からケンカしてもしゃーない思って、我慢したんやねんけどな」

「そのとおりでございます。真剣にお役目を果たそうとする中で、高家の皆様と大名の皆様との間で、どうしても意見が食い違うような場面が、毎年必ず一度はございます。その時は、これは上様から命じられた大事なお役目であるという大義を思い出して、互いに譲り合うことがもっとも肝要かと存じます」

「せやな。ま、今後も、梶川殿みたいな旗本衆にはいろいろと世話になることも多かろうと思うねんから、ホンマ頼りにしてまっせ。大名も高家も、互いに思うところはあるもんや。せやかて、肚の内ではどう思うとろうが、まずはお互いに形だけでも仲ようせんことにはな。ま、今後ともよろしく頼んます」


浅野家江戸屋敷からの帰り道、どっと疲れきった表情のまま、与惣兵衛はぼんやりと浅野内匠頭の屈託のない笑顔を思い浮かべていた。

前回の饗応役の時の浅野内匠頭は、決してこんな人ではなかった。笑った時の人懐っこい顔は当時から変わっていないが、何と言っても当時の浅野内匠頭はまだ十七歳だ。結婚もしていない。

その頃の赤穂藩は、江戸では大石頼母助、国元では大野九郎兵衛という練達の家老たちがしっかりと藩政の全てを握っていた。十七歳の浅野内匠頭は、家老たちが決めたことをただ「よし」と認めるだけの存在にすぎなかった。もちろん、自分一人だけで他家の人間と親しく会うなんてことはなかったし、面談時の会話は堅苦しい江戸言葉だった。

そこから十八年。前回は何もわからず、ただ家老たちの言いなりになっていた浅野内匠頭は、今や三十五歳の働き盛りにあった。九歳で家督を継いでからすでに二十六年、藩主としての経験も豊富であり、今の浅野内匠頭は領国の経営に自分の独自性を存分に発揮する、頼れる専制君主に成長を遂げていた。

家臣たちとの間に一線を引き、君主の威厳を保つことがよいとされるこの時代に、浅野内匠頭は藩主自らが関西弁で、目下の者に気安く話しかける。それにより藩主の威厳は多少損なわれるかもしれないが、話しかけられた者たちが感激し、主君により親しみを感じて、さらに忠誠を強くすることは間違いないだろう。

でも。その赤穂の言葉は、あなたにとっての故郷の言葉ではないですよね？

与惣兵衛はそこに、この大名が人知れず味わってきた今までの苦労と、心根の優しさと気遣い、家臣への深い愛を見て取った。

浅野内匠頭は、もともと関西弁を話せたわけではない。

親戚や家臣からわざわざ習って、彼は自力で故郷の言葉を覚えたのである。

全ての大名は、自分たちの跡継ぎを人質として江戸に差し出すように幕府から命じられている。そのため世の大名たちは、江戸で幼少期を過ごし、大人になって家督を継ぐまでは自分たちの領地に一度も行ったことがないというのが普通だ。

だから、彼らにとっては堅苦しい江戸の言葉こそ、生まれた時から慣れ親しんだ言葉なのだ。自らの領国の言葉は、決して自分にとっての懐かしい故郷の言葉ではない。

浅野内匠頭も、父親の急死で九歳にして家督を継いだあと、自分の領地である赤穂の地を初めて踏んだのは、実に十七歳になった時だった。

それなのにこの殿様は、自分の屋敷ではわざわざ習って身につけた関西弁を使うのだ。家臣と心を通じ合うためには、堅苦しい江戸の侍言葉を使っては駄目だと敏感に感じ取り、関西弁で話しかけるというこの風変わりな方法を、彼なりに自力で編みだしたのである。

口調こそ乱暴でざっくばらんだが、きっと優しくて、細かいことまできちんと気がつく繊細な殿様なのだろう。いろいろと脇が甘くて、見ているこっちがヒヤヒヤするような危うさはあるが、家臣思い、領国思いの素晴らしい殿様ではないか。

危ういが、優しい主君。

与惣兵衛は赤穂藩の藩士たちが、少しだけうらやましく思えてきた。

四．元禄十三年　十二月十七日（事件の三か月前）

大奥留守居番の詰所で、文机の前にあぐらをかいて書状に目を通していた梶川与惣兵衛は、背後からいきなりポンと肩を叩かれて、驚いて後ろを振り向いた。

そこには、一分の乱れもなく丁寧に撫でつけられた白髪頭に折烏帽子をまっすぐ載せた吉良上野介が、涼やかな笑顔を浮かべて立っていた。彼の装束はいついかなる時も皺一つなく、見ている側が何となく引き締まった気分になるほど凛々しい。近づくと、装束に焚き染められた上品な香がほのかに薫る。

慌てて平伏しようとする与惣兵衛を手で制して、吉良上野介は与惣兵衛の隣に静かに腰を下ろして言った。

「梶川殿。儂は間もなく京へ出立するが、その間くれぐれも江戸をお頼み申しますぞ。儂が江戸におらん間は、貴殿のような、まめで気働きができる旗本衆こそが扇の要じゃ。ぜひ、饗応役の浅野殿を陰から支えてくださるよう、儂からもお願い申し上げる」

従四位上　左近衛権少将という類まれな高い身分にある吉良上野介が、自分のような卑賤の人間に頭を下げるなど、到底あってはならないことだ。与惣兵衛は、がばと正座し直して床に額を擦りつけながら恐縮した。

「め、滅相もございません吉良様。そのように仰られずとも、元よりこの与惣兵衛、饗応のお役目をつつがなく果たせるよう、粉骨砕身も厭わぬ心構えでおりますゆえ」

吉良上野介はそんな与惣兵衛をたしなめ、頭を上げさせると機嫌よさげに言った。

「ははは。梶川殿が実直な御仁であることは、この上野介は十分に承知しておる。儂が申し上げたいのは、そういう話ではない」

「はあ」

「まあ、若き時分よりずっと殿中で勤めあげてこられた、手練れの梶川殿であればもう十分お察しのことと思われるが……。正直なところ」

そこまで言って、やおら上野介は与惣兵衛の耳元に顔を寄せ、聞こえるか聞こえないかの声でささやいた。

「いまの高家肝煎は、実に頼りない」

そう言われて、迂闊に「はい、そのとおりですね」などと返答するわけにもいかず、与惣兵衛はただ息を呑み込むように、中途半端なうめき声のような音を喉から出すくらいしかできなかった。全身が極度に緊張し、嫌な汗が背中から噴き出てくるのがわかる。

吉良上野介は気にせず、低く抑えた声で続けた。

「大沢右京大夫殿がお亡くなりになるまで、何年も後任選びをほったらかしにしておいた挙句、儂と変わらぬ老い先短い者ばかりで高家肝煎を固めてしまった。しかも、年長だからといって、別に高家の職を長年務めた経験があるわけでも、古今東西の典礼に通じているわけでもない。そのうえ、高家の生まれであることを鼻にかけて、諸大名の方々をぞんざいに扱う素振りが、ところどころで見え隠れする」

「い……いえ。そのようなことは決して……」

吉良上野介の指摘はまさに図星で、与惣兵衛はますます冷や汗をたらりと流した。

最近になって高家肝煎に補充された畠山民部と大友近江守の二人は、自らの経験と能力の乏しさに対する後ろめたさなのか、吉良上野介のような余裕のある公正さにどこか欠けていた。まるで子供のように、何かにつけて自分が他人よりも優れていることをやたらと誇示したがるので、周囲からは非常に煙たがられている。

「よい、よい。梶川殿の気持ちはこの上野介、よくわかっておる。さればこそ、十日ごとに早飛脚で京の儂のところに準備の進捗を書いて送れと、顔合わせの場で皆に念を押したのじゃ。とはいえ、やはり京と江戸との書面でのやりとりだけではどうにも心許ない。そこで、梶川殿の出番というわけよ」

「はあ」

「貴殿はもう何度も、饗応役の対応を務められた手練れであるからの。もし浅野殿が見当はずれなことを始められたら、儂の意を汲んで、浅野殿をそれとなく正しいほうに導いていただきたいのじゃ」

「そんな。赤穂藩五万石をお治めになられている浅野様に、拙者ごときが大変畏れ多いことでございます」

「いやいや。公儀のお勤めの前に身分の上下なぞ関係ない。与えられたお役目を果たし、上様に忠義を尽くすという大義を前にしたら、個人のつまらぬ意地や肩書といった小義にこだわってはならぬ。

　経験の多い者が経験の浅い者を支えてこそ、粗相なくお役目を果たせるというもの。頼りにしておるぞ、梶川殿」

「ははッ！　大変もったいないお言葉にございます」

　すると、そこで二人の会話に無遠慮に割り込むように、老人のしわがれた陽気な大声が廊下のほうから聞こえてきた。

「おお！　上野介殿に梶川殿！　ちょうどよいところでお見かけした！」

　与惣兵衛は反射的にビクンと震え上がった。絶対に間違えようもない、実に特徴的な甲高い声。やってきたのが、ちょうど今さっきまで吉良上野介が与惣兵衛に向かって陰口を言っていた相手、高家肝煎の畠山民部だったからだ。

与惣兵衛は、噂をすれば影という突然の本人登場に思わず身構えたが、彼が身構えた理由はそれだけではない。この不必要に声の大きな老人が愛想よさげに声をかけてくる時は、たいていろくな話にならないからだ。与惣兵衛はこれまでの経験で、それを痛いほどよく知っていた。

畠山民部は、吉良上野介と与惣兵衛の間に何の遠慮もなくどっかと腰を下ろすと、不快さを感じるほどの大声で言った。少々耳が遠くなっているせいで、声の大きさの調節ができなくなっているのかもしれない。

「先日の、上野介殿の御屋敷で行われた、饗応役の顔合わせの時の話なんじゃが、上野介殿、いかが思われたかの？」

「いかがとは、どういう意味でござろう」

「浅野内匠頭殿のことじゃ。どうお感じになられたか？」

「どう？　どうとは何のことでありますかの？」

吉良上野介は怪訝な顔をして畠山民部の顔を眺めた。しかし、畠山民部がこれからいったい何を言おうとしているのか、実は吉良上野介は全てを察したうえで、わざと怪訝な顔を作っているようにも見える。

「拙者は久しぶりに浅野殿とお会いできて、実に愉快であった。以前に饗応役でご一緒した時はまだ線の細さも感じられる青年だったが、今では立派な君主になられて、実に頼もしい」

「いや、内匠頭殿ご本人の話ではない」

「はて、何のことを仰られているのか民部殿」

吉良上野介は意図的にとぼけているのか、畠山民部との会話が一向に噛み合わない。その後も巧みにはぐらかして核心に触れることを避け続ける吉良上野介に、とうとう畠山民部はしびれを切らして自分から本題を切りだした。

「内匠頭殿の謝礼のことじゃ。上野介殿はいかが思われたか」

怒り口調の畠山民部に対して、吉良上野介の口調はそよ風が吹くかのごとく穏やかだ。

「別に何とも思いませんでしたが。よく存じませぬが畠山殿、要するに貴殿は、浅野殿の謝礼が少ないと仰りたいわけですな」

「少ないとは申しておらぬ。謝礼には、大名の格に応じたしかるべき水準があると申しておるのじゃ。石高の大きな藩ほど、多くの額を包むのは至極当然のこと。これは長幼の序に君臣の義、あらゆる人倫にも通じる道理でありましょうぞ」

「いや、浅野殿がご用意された謝礼は、赤穂藩の石高と比べてもそこまで見劣りするものと拙者は思いませんでしたが。そもそも謝礼というのは、あくまで指南をお受けになられた大名家の皆さまのお気持ちでその内容を決めるもの。我々高家の側から、その額についてとやかく申し上げるようなことではありますまい。まして、昨今はどの大名家も、台所は火の車というではないですか」

そう冷静にたしなめる吉良上野介だったが、畠山民部はその落ち着きはらった態度に、逆に偏屈な自尊心を傷つけられたようだ。露骨に不愉快そうな顔をすると、そっぽを向いてボソリと吐き捨てるように言った。

「しかし、伊達左京亮殿のほうの謝礼は、近年に類のないほど立派であったと聞いておるぞ。台所事情が苦しいのはどの大名も同じこと。要は公儀のお役目に対する忠誠心の違いではないのか」

それが本音か、と与惣兵衛はその一言でようやく畠山民部の怒りの理由を理解した。そして、こいつは本当にどうしようもない強欲爺だなと呆れた。


勅使饗応役の浅野内匠頭が指南役の三人に渡した謝礼は、金一枚、巻絹一台に鰹節一連。この額は例年と比べて決して見劣りするものではない。

ところが、院使饗応役を務める伊達左京亮は、何を思ったか大判百枚、加賀絹数巻、狩野探幽の竜虎の双幅という、あまりにも豪華すぎる謝礼を指南役の品川豊前守に贈ったのだった。

このような破格の謝礼を、たかだか伊予吉田三万石の領主にすぎない伊達左京亮が捻出できるはずがない。これは、人生初の幕府の公式業務に臨む十九歳の伊達左京亮のために、彼の本家である仙台藩伊達家六十二万石が全面的に支援をしたのが理由だった。

勅使と院使で謝礼の内容に大きな差がついたのには、そのような特殊事情があったのだが、受け取る側の畠山民部にとってそんなことはどうでもいい。彼の頭にあるのは「ほかの奴が担当する伊予吉田藩三万石は多額の謝礼を出したのに、自分が担当する赤穂藩五万石の謝礼は普通だった」という、その一点だけだ。それで腹を立てているのだ。

不運にも、浅野内匠頭は普通に例年通りの謝礼を用意したにもかかわらず、冒頭から「謝礼を出し惜しみする不届者」という理不尽な印象を抱かれてしまったのである。

畠山民部は、偏屈な老人にありがちな一方的な口調でまくし立てた。

「このご時勢、どの大名とて台所事情が苦しいのは同じことじゃ。我々高家だって苦しい。

だが、かといって我々への謝礼が不十分であれば、我々は朝廷や公家衆と対等に渡り合うために必要な、教養を身につけることもおぼつかなくなる。茶の湯、書画、和歌漢籍、能狂言……これらの琴棋書画は、とにかく金がかかるのじゃ。だが、これらの費えを惜しむようでは、いずれ我々高家が京の公家衆から、風雅を軽んじる田舎者と侮られることにもなりかねぬ。

我々高家は幕府の代表じゃ。つまり我々が侮られることは、幕府が侮られるのと同じことである。幕府の恩顧を受ける身である大名が、それに対して何とも思わないということこそ大問題であろう」

畠山民部の独演会を黙って横で聞いていた与惣兵衛は、何事にも屁理屈はいくらでもつけようがあるのだな、と逆に感心すら覚えていた。自分への謝礼の額が他人より少ないのが気に食わないという自分勝手な言いがかりが、彼の言葉の中では、浅野家の忠誠心不足になってしまっている。

だが、吉良上野介は動じなかった。さわやかな笑顔を浮かべながら、あっさりと畠山民部の熱弁を切り捨てた。

「拙者は、別にそこまで目くじらを立てるようなものではないと思うが、貴殿がそう思われるのであれば、ご自分から浅野殿にそうお伝えされるがよかろう」

畠山民部は慌ててそれを否定する。

「いや、これは高家全体の意志であるからして、私の一存で勝手に動くわけにはまいらぬ。だからこそ、こうして貴殿にまずご相談しておるのじゃ」

「であれば拙者の意志は、別に目くじらを立てるようなものではないと、先ほど申したとおりじゃ。ほかの高家の方々にも、浅野殿の謝礼に対してどう思われるかご意見をお伺いしてもよいが、いただいた謝礼の額をあちこちに言いふらすというのは、いささか慎みに欠ける行いではないかと」

さすがは吉良様。畠山民部の意地汚い申し出をピシャリと封じ込めてくれた、と与惣兵衛は心の中で快哉を叫んだ。

あからさまに苦い顔をした畠山民部は、憎々しげな目で吉良上野介をキッと睨んだが、慎みに欠けるとまではっきり言われてしまっては、返す言葉が見当たらない。

これで黙って引き下がるかなと与惣兵衛が安堵していると、追いつめられた畠山民部は、いきなり思いもよらぬことを言いだした。

「しかし、これでは幕府の……上様のご威光が保てぬのでは。そうじゃ！　梶川殿。お主はどう思われる？」

まさか、自分にこの話が飛び火してくるとは全く予想していなかった与惣兵衛は、不意を突かれてしどろもどろになった。

「はぁ？　拙者でございますか？　いいえ、拙者ごときがそのような話に口をはさむなど、大変畏れ多いことでして……」

与惣兵衛の焦りを目ざとく察知した畠山民部は、弱った小魚をつつき回す大魚のように、しつこく与惣兵衛に迫った。

「いやいや。貴殿は長年御城に詰められ、饗応役の補佐も何度もお勤めになられた手練れじゃ。この謝礼の問題は、単なる高家と大名の問題ではなく、幕府に対する諸大名の忠誠の問題であり、貴殿だって無関係ではおられない話ではないか」

「しかし、拙者のような下賤の者が、赤穂藩五万石を治める浅野様の謝礼の額に対して意見を申すことなど、大変な失礼にあたります」

「何を言うか。石高など関係ない。貴殿は幕府にお仕えする旗本衆。旗本とはすなわち上様の直臣であり、つまり幕府の代理じゃ。旗本たるもの、大名に気おくれして、申すべきものも申すことができなければ、それこそ職務怠慢ではないのか」

畠山民部にそう言われて、与惣兵衛は腹立ちのあまり思わず「それならば、民部殿だって旗本の一員なのだから、ご自分で浅野殿に申し上げればよかろう」と、不機嫌に言い返しそうになった。しかし、長年の習慣で体に染みついてしまった江戸城詰め下級旗本の悲しい性が、彼の衝動的な行動を止めさせた。

絶対に波風を立てぬよう、自分より格上の人間に対しては、とにかく一切の口ごたえをしない。幕府という四角四面の官僚組織を生き抜くために不可欠なその鉄則が、与惣兵衛には骨の髄まで染みついている。考えるよりも先に、体が自動的にその鉄則に沿って動く。

不用意な失言をしないよう、黙りこくってしまった与惣兵衛を見て調子に乗った畠山民部は、さらに辛辣な言葉で与惣兵衛を責め立てた。

「そうじゃ。そもそもなぜ、このようなくだらぬ話で我々高家衆が気を揉まねばならぬのじゃ。我々は高家職だからといって、幕府から潤沢な給金をいただいているわけではない。饗応役からの謝礼はそれを補うためのものであるからして、本来なら幕府から諸大名に対して、一定の額の謝礼を払うよう申し伝えるのが本来の筋ではないのか」

「いえ、しかしやはり拙者の一存では……」

「黙らっしゃい！　貴殿の立場で決められないのであれば、上役の留守居番頭に掛け合い、留守居番頭でも決められないのであれば、さらに上役の若年寄に掛け合って、真にあるべき形を目指すのが貴殿の職務ではないのか！　それなのに先ほどから何じゃ。自分の一存では無理、自分では畏れ多い、などと言い訳ばかり。これは不忠であるぞ。職務怠慢以外の何物でもないッ！」

　じゃあ貴方が自分で若年寄に掛け合えばいいじゃないですか、と与惣兵衛は思ったが、たかだか七百石扶持の自分が、五千石扶持で高家肝煎の畠山民部に口ごたえするなど論外である。こんな場所に偶然居合わせてしまったばっかりに、とんだ厄介事に巻き込まれてしまったと、与惣兵衛はただ自分の不運を呪った。

　するとそこで、吉良上野介がいきなり会話に割って入った。

「まあまあ民部殿。梶川殿にそのようなことを仰られるのは、さすがにお門違いでありましょうぞ」

吉良上野介は、表面上は温雅な微笑を保ったまま畠山民部を優しくたしなめたが、目は全く笑っていない。畠山老人の妄言を見るに見かねたのだろうが、与惣兵衛にとっては地獄に仏、吉良上野介の落ち着いた笑顔に後光が差して見えるような思いだった。

「お門違い？　どこがお門違いと申されるか上野介殿」

「たしかに高家のお勤めは何かと入用で、その費用を確保する方策は幕府で考えるべきことかもしれませぬ。だが、それを梶川殿にお頼みするのは、さすがに荷が重い。そこは、立場のある畠山殿から若年寄に申し上げられるのが一番よろしかろうぞ」

下っ端の与惣兵衛相手なら強気に出られる畠山民部も、同格の吉良上野介相手となると分が悪い。途端に歯切れが悪くなった。

「いや……しかし上野介殿、高家が自ら幕府に対して、謝礼を上げよなどと申し上げるのは、さすがに厚顔無恥にすぎるのではないか」

「そう思われるのであれば、話を大きくして幕府全体を巻き込むのではなく、貴殿お一人の問題に済ませばよいのです。要するに畠山殿から浅野殿に、謝礼が少なかった旨の苦情を個人的に申し伝えてはいかがかと」

「いや、それは違うぞ上野介殿。これは儂個人と浅野殿個人といった小さな話ではない……。どんな形でもよい、幕府の誰かが伝えねばならぬ。そうでなければ高家の役割が軽んじられて……」

しどろもどろになった畠山民部に対して、吉良上野介は幼児に理を諭すような柔らかな口調で言った。

「ならば畠山殿、たとえば、そのお伝えする役を梶川殿にお願いしてはいかがかな。貴殿から若年寄にご提案ができぬということでは、謝礼の内容に問題があると幕府から正式な形で申し伝えることはできませぬ。ですが、梶川殿から浅野殿に、『噂として少し耳にしたのでお気をつけなされ』という態で、雑談の中に織り交ぜてお伝えいただく程度であれば問題にはなりませぬ。『どうやら幕府の中で、浅野様の謝礼の額が何やら話題になっているそうですぞ』とだけ浅野殿にお伝えするのです。

あくまで噂話であるとはいえ、それをお伝えするのは実務の中核を担っておられる梶川殿ですからな。それは浅野殿も、間違いなく危機感を抱かれるはずです。

ひょっとしたら、それで気を回して、彼のほうから謝礼を増やすという話を持ってくるかもしれませぬぞ」

与惣兵衛は、吉良上野介のこの提案はなかなかの妙案だと思った。

このしつこい畠山民部の爺さんは、お気持ちを汲んで何かしらの対応をしますと言わない限りは、絶対に引き下がらない。吉良上野介の提案どおりにすれば、一応は爺さんの言い分を聞き入れて、浅野内匠頭に苦情を申し入れた形にはなる。

でも、きっと浅野内匠頭はそれを聞いても「だから何？」と黙殺して終わるだけだろう。浅野内匠頭に伝えるのは単なる噂話であって、別に幕府の意向とか命令とかでもないので、幕府にも一切の迷惑はかからない。

こうすると浅野内匠頭が気を回して、彼のほうから謝礼を増やしてくるなどという都合のいい展開は万が一にもありえないだろうが、それは畠山民部を説得しやすくするために、吉良上野介がつけ足した方便だと思われた。

畠山民部はそれでもまだ不満そうだったが、これ以上居座っても譲歩は引き出せないと悟ったのか、しぶしぶ了承した。

吉良上野介は、与惣兵衛のほうに向き直ると、申し訳なさそうな顔で言った。

「梶川殿。行きがかり上、貴殿にこのような役をお願いしてしまうのは心苦しいが、貴殿は以前から浅野殿と深い面識もあり、このような話を伝えるに当たってはたしかに適任でもある。ちとお手数であるが、浅野殿の元へ参っていただけぬか」

私はつくづく、運のない男だ。

たまたまこの場に居合わせてしまったばかりに、変な仕事を押しつけられてしまった。だが、吉良上野介にそのように丁寧に依頼されてしまっては、与惣兵衛の地位では断ることなどできようもない。畠山民部の下卑た皺だらけの偏屈な顔を睨みながら、吉良様のためならこの無意味な仕事も喜んで引き受けようと、梶川与惣兵衛は黙って依頼を受け入れた。

やかましく足音を立てながら畠山民部が去ったあと、吉良上野介はうんざりした表情で与惣兵衛を見た。そこで、同じくうんざりした表情の与惣兵衛と目が合うと、二人は揃って苦笑した。

吉良上野介はボソリと小声で本音をこぼした。

「本来であれば、このような無茶苦茶な難癖は、立場上、儂が止めねばならぬ。それは重々承知しておるのだ。だが、形式上は三人の高家肝煎は全くの同格。ほかの二人に儂があまり強く言いすぎてしまうと、天狗になっていると妬みを受けて、あることないことでいろいろと足を引っ張られるからの……」

立場上、与惣兵衛はその言葉に相槌すら打つことはできないが、精一杯の表情で「わかります」という気持ちを示した。吉良上野介もそれを察して、満足そうに微笑んだ。

「儂には彼奴を完全に言い負かすこともできたが、それでは無用の反感を買うのでな。だから、ああして相手の言い分も少しは認めて、実害のほとんど出ない形で顔を立ててやらねば、この場はどうしても収まらなかった。貴殿にとっては全くのとばっちりで誠に恐縮だが、梶川殿、堪忍してこの仕事、引き受けてくだされ」

その吉良上野介の言葉に、与惣兵衛はもう畠山民部への怒りなどどうでもよくなってしまった。

高家肝煎の筆頭、朝廷との折衝において余人をもって代えがたい地位を築いているあの吉良上野介様ですら、ここまで大きな気苦労を抱え、波風を立てずに職務を遂行するために、常に周囲に気を遣っているのだ。

それなのに、名もなき微禄の旗本にすぎない自分ごときが、畠山民部のようなくだらない人間の無茶振りに腹を立てて、やってられるかと捨て鉢な気持ちになるなんて実に情けないことではないか――与惣兵衛は自分の器の小ささを恥じた。

そして、この吉良上野介様のためにも、三か月後の勅使奉答の儀式を何としても無事に終わらせてみせよう、と心の中で決意を新たにしたのだった。

五．元禄十三年　十二月十八日（事件の三か月前）

「なんや梶川殿。急ぎのご用件とか言うから、こっちも何が来るんやろと身構えてしもうたがな。こんな些細な連絡のために、わざわざお越しくださるなんて、えらいご丁寧にすいませんな。この程度のことやったら、次からは別に書状で伝えてくれてもええし、江戸家老の安《やす》井《い》彦《ひこ》右《え》衛門《もん》が全部わかっとるさかい、そっちに言ってくれてもええでな」

饗応役の件で急ぎご相談したいことがあると言って、無理に面会を申し入れた梶川与惣兵衛を、浅野内匠頭は人懐っこい笑顔で快く迎え入れてくれた。

でも、その急ぎの件というのは、あくまで与惣兵衛がでっち上げた言い訳にすぎない。たいして重要でもない案件を、さも重要な緊急案件であるというふうに深刻に伝えて、与惣兵衛は無理やり浅野内匠頭との面会を取りつけたのである。

「了解いたしました。以後十分に気をつけ、お忙しい浅野様を無駄に煩わせることのないようにいたします」

与惣兵衛が深々と頭を下げて陳謝すると、浅野内匠頭は陽気に笑って「ええでええで、それは梶川殿の真面目さの表れでもあるでな」と与惣兵衛のお辞儀をやめさせ、「で、最近どうや」と他愛のない雑談に移った。

このお殿様は、目下の者との雑談をとても好む人だった。用件が終わってもすぐに帰されることはなく、何らかの雑談の時間が取れるはずだという与惣兵衛の読みは当たった。

なんだか浅野内匠頭の人のよさを利用しているようで申し訳なかったが、とにかく与惣兵衛としてはこれでようやく、真の本題に入ることができる。

「ところで浅野様は、先日の吉良上野介様の御屋敷での顔合わせのあと、あの場に集われた方とどなたか、お会いされたことはございますか」

「せやなぁ、殿中でたまたま吉良様とすれ違って、軽くご挨拶したのと、あと、爺さんのほうの畠山、若い下総守のほうじゃなくて、民部大輔の爺のほうにお会いして、やっぱり軽く挨拶と立ち話をした程度やな」

「そのほかの高家の皆様には、お会いされたりお話しされたりはしませんでしたか？」

「高家？　あんな気取った奴らに、なんでわざわざ会って話さなアカンねん。むしろ部屋の中とかでも、できるだけ声をかけられんように、目を合わさんようといつも気いつけとるくらいやわ」

「そうですか。それでは、吉良上野介様と畠山民部様とお話しされた時に、どこか変わった様子などはございませんでしたか」

「は？　別に普段と変わらんかったで。畠山民部の爺さんなんて、相変わらず馬鹿でかい声で調子よく挨拶して、遠慮もせず儂の肩バンバン叩いてきおったわ。いちいち馴れ馴れしいんじゃアイツ」

与惣兵衛はその言葉を聞いてへなへなと脱力した。

昨日あれだけギャーギャーわめいていた畠山民部が、当の本人の前ではそんな素振りなど全く見せず、謝礼への苦情をほのめかすことすらしていないとは。

あの爺さん、浅野様に苦情を伝える一番嫌な役目は、最初から他人に押しつけるつもりだったんだな。それで自分自身は、苦情を言ったのは自分ではないとでも言わんばかりの態度で、親しげに浅野様の肩を叩いて声をかけたりしているのだ。何という狸ジジイだろうか。

そして偶然その場にいたというだけの理由で、なぜか全く無関係の私がその一番嫌な役目をやらされる羽目になってしまっている。

「さようでございますか。それは何より」

「それがどないしたんや梶川殿。高家の連中が儂に何か言うてきとんのか」

そう言われて、与惣兵衛は恐る恐る言葉を選んで答えた。

「はい。恐れながら……。あの、拙者は仕事柄、高家の方々のお屋敷にお伺いする機会も多く、そこでたまたま耳に挟んでしまったのですが、このたび、浅野殿が饗応役の謝礼としてご用意された額が、いささか……」

「いささか、何や？」

「いささか……伊達様よりも……少なめであると……」

与惣兵衛がそう言うと、浅野内匠頭の顔色がサッと変わった。そりゃそうだろう、と与惣兵衛も思う。

「はぁ？　そんなん知るかボケェ。こっちは前の年よりもしみったれた額になって恥かかんように、去年の饗応役だった稲葉能登守《いなばのとのかみ》に謝礼の額を聞いて、ちゃんとその額に揃えとるわ」

それはそうだろう。どの大名だって常識はずれなことをして失敗したくないから、昨年の謝礼の額は当然ちゃんと下調べしている。

「それに文句言われても知るかいな。伊達のボンボンは本家が金持ちやし、若くて初めての饗応役やから、高家にゴマすって謝礼を多くしとるだけやろ。そんなん反則やで。何で儂らまで、わざわざそんなんにつき合わなあかんねん。っつーか、梶川殿もお立場大変やなぁ、ホンマ」

「は？」

　最初、何を言われたのか意味がわからず、思わず与惣兵衛は変な声を上げてしまった。

「お役目もお忙しいのに、高家衆の差し金でこんなん無理矢理言わされてなぁ、まっことお気の毒やで」

　浅野内匠頭がニヤリと意地悪く笑ってそう言うので、与惣兵衛は全身の汗がサッと引いた。心臓の鼓動が目に見えて速くなっていくのがわかる。

「申し訳ございませぬ。なんのことを仰られているのか、拙者にはさっぱり」

「どうせ、言えって言われとるんやろ高家の誰かに。いまの噂や」

「い、いえ、拙者はただ、先日耳にした噂話をただ申し上げただけで……」

「わはは。ま、ええわ。こんなことで梶川殿いじめてもしゃーないしな。梶川殿も素直にハイとは絶対に言えんやろうし。今の梶川殿の態度だけで十分や」

　なんという勘のよい殿様だろうかと、与惣兵衛は戦慄した。彼なりに、できるだけ嘘だと気づかれないように自然なふうを装って噂話を切りだしたつもりだったのに、浅野内匠頭の目はごまかせなかった。

　それにしても、この短い会話でよくぞ、高家の指示で自分がここにやってきていることを見抜いたものだ。与惣兵衛は恐怖と尊敬の入り混じった目で、何も言わず浅野内匠頭の顔をじっと見つめることしかできなかった。

「しっかしまぁ、ほんまけったくそ悪いわ。そんな陰でコソコソ言わんと、文句あるなら直接言ってこいっちゅうねんなぁ。謝礼の額にケチつけられたことよりも、正直そっちのほうが腹立つわ。噂話のふりして梶川殿にこんなん言わせるみたいな、持って回ったまだるっこしいやり方、どうせ吉良様あたりが考えたことやろ。どや？　図星ちゃうか？　お公家さん相手じゃ、そういう回りくどいのが好まれんのか知らんけど、儂、そういう小賢しいのが一番嫌いやねん。おのれは侍ちゃうんかと」

浅野内匠頭がそんなことを言いだしたので、与惣兵衛は慌てた。諸悪の根源は畠山民部の爺さんである。それなのに、なぜかいつの間にか吉良上野介の対応が気に食わないという話になって、怒りの矛先が吉良上野介に向かってしまっている。何とかして修正せねば、と与惣兵衛は口をはさんだ。

「いや……吉良様はちゃんとご理解くださっておられます。吉良様は高家衆の中で、いろいろな御事情を抱えておられますゆえ、今回の話についてはずいぶんとお悩みのようでございました。ご自分の思いを、そのままお出しになるのもなかなか難しいご様子で……」

しかし浅野内匠頭は取り合わない。

「いや、わかるで。梶川殿が何を言いたいのかはわかる。うちらみたいな気楽な小大名と高家様とでは、住んどる世界が違うねんから、吉良様もきっと、儂の比じゃないくらい毎日いろいろなとこに気ぃ遣われて生きてんねんな多分。それはわかるわ。ただな、言うても吉良様アンタ肝煎やろ？　高家で一番偉い人間やねんで。しかも、肝煎は一応三人おるけど、誰がどう見ても吉良様が一番格上やん。みんな、吉良様のとこにしかものを聞きに行かへんやん。

そのぶん、大名たちから謝礼もたんまりいただいとるんやろうし、高家の中で一番偉くて、一番いい思いをしとんのやからさ。ほかの高家がアホなこと言うたら、ガツンと言ってやめさすのだって吉良様の役割なんとちゃうのん？　そのための高い禄やろ」

そんなふうに言われてしまうと、与惣兵衛としてもこれ以上はもう吉良上野介をかばいきれない。「はぁ。さようでございますな」と力なく返事をすると、与惣兵衛はそのままこの話題を終えた。

用件を伝えることは伝えたが、それだけである。

もちろん、これで浅野内匠頭が焦って「高家の皆様に対するお気持ちがたりなかったのは私の落ち度だ、今からでも皆様のご機嫌を取らねば」などと自ら進んで謝礼を追加するような、都合のよいことが起こるはずもない。

だが、とりあえず畠山民部の不満を、高家衆の一部から出た意見として噂話の形で浅野内匠頭に伝えたという実績はできた。与惣兵衛はその日の午後、この実績を持って畠山民部の屋敷に向かった。

本当ならこの結果を吉良上野介に報告して、それでこの件を終わりにしたいところだったが、吉良上野介は将軍の年賀使として今朝に江戸を出発してしまっている。

それにしても、この一連のくだらない仕事にいったい何の意味があるのだろうか。梶川与惣兵衛の背中に、重い石のような徒労感がのしかかってきた。

「ご首尾はいかがだったかな、梶川殿」

そんな与惣兵衛の苦労を知ってか知らずか、与惣兵衛を屋敷に迎え入れた畠山民部は、わざとらしい作り笑顔を浮かべて馴れ馴れしく声をかけてきた。何がご首尾いかがだ、この狸ジジイめ、と与惣兵衛はとっさに心の中で身構える。

「浅野家が出した謝礼金の額はいかがなものかという疑問の声が出ている旨、噂話という形で、たしかに浅野内匠頭様にお伝えいたしました」

「ほう。それは大儀であったの」

「すると浅野様からは、昨年の饗応役であった稲葉能登守に昨年の謝礼の額をお尋ねして、それとほぼ同じ額にしているとのお答えがございました。それゆえ、他家と比べて決して恥ずかしくない額であるとお考えとのことです」

「ほう。それで？」

「それで？　とは何でございますか？」

「それで終わりですかの？」

畠山民部はごく当然のような顔をして聞いてくる。

負けるな自分。こうやって、自分に都合のよい答えがきて当たり前という態度でものを尋ねてくるのは、この爺さんの常套手段じゃないか。与惣兵衛は自分の心を奮い立たせて、無邪気なふうを装った悪意たっぷりの問いかけに耐えた。

「命じられたとおりに、噂話という形で浅野様に謝礼の件をお伝えして、その結果もご報告できましたので、拙者はこれにて失礼させていただきます」

「いやいや。待たれよ梶川殿。ただ単に浅野殿に噂を伝えて、伝えたけれども特に何もせず帰ってくるとは、それではお茶汲み人形と何ら変わりがないではありませぬか」

お茶汲み人形？　与惣兵衛の血液は怒りで瞬時に沸騰したが、かろうじて表情には出さず、固い声で答えた。

「別に何もしなかったわけではございませぬ。謝礼の額について、浅野様からきちんとしたご説明をお伺いすることができましたので、それを畠山様のもとにご報告に上がった次第でござる」

「きちんとした説明？　梶川殿は先ほどの説明がきちんとしていると仰るのか？」

「は。前年の例を事前に調べ、それに倣って決められた額であり、文句のつけようがございません」

与惣兵衛の回答に、畠山民部は小馬鹿にしたような笑いを口元に浮かべながら言った。

「何を血迷ったことを申しておられるか梶川殿。前年の例に倣うことが正しいという、貴殿や浅野殿の理屈が正しいとしてしまったら、伊達左京介殿のお立場はどうなるというのじゃ。せっかく、ご公儀に対する忠誠を示そうと大判百枚に加賀絹と狩野探幽の掛け軸まで用意されたというのに、それでは伊達殿は事前の調査が足らぬ不届き者、ということになってしまいますぞ」

与惣兵衛の首から、嫌な汗がだらりと垂れた。

「いや、そのようなつもりではございませぬ。伊達様がろくに調べもせずに、謝礼を前年より少ない額に変えていたとしたら、たしかに大問題でありましょう。ですが伊達様は、前年よりずっと多くしております。多いぶんには結構なことでございましょう」

畠山民部は、芝居がかった仕草で、わざとらしく驚いてみせた。

「ほほう。昨年のことを調べよと言ったかと思えば、今度は調べなくてもかまわぬと。

いったいどっちが貴殿の意見なのですかな、梶川殿。いずれにせよ、昨年の額こそが絶対という梶川殿と浅野殿のお考えは、我々への謝意を示すという謝礼の本来の目的を見失っているように見えますな。

これはまるで、感謝の気持ちなど一切なく、仕方なく支払わされているかのような態度ではあるまいか。前年と同じ額であれば少なくとも文句はつけられぬであろう、という浅ましい魂胆がありありと見えて取れるわ。貴殿は、謝礼とは形だけ誠意を示せばそれで十分とでもお考えか。なんとも嘆かわしい」

この野郎、今日は吉良様がおらず私一人だからといって、完全に調子に乗ってやがる。与惣兵衛は怒りに震えながら、ぐっと拳を握って耐えた。

「……では、民部殿はどうしろと申されるのか」

「もう一度、浅野殿の元へ行かれよ梶川殿。そして、ただ前例に倣うだけでよしとせず、相手の心持ちを考えて行動されるべきであると、浅野殿に伝えるのだ」

普段の与惣兵衛であれば、地位が上の人間に対して口ごたえなどは一切しない。それは幕府の役人として骨髄に染みついた悲しい習性である。

しかし今回は、せっかく全員の顔を潰さない落としどころを作ってくれた吉良上野介のことを思うと、与惣兵衛も何も言わず引き下がる訳にはいかなかった。もちろん、もし自分が畠山民部と揉め事になっても、最後は吉良上野介が助けてくれるだろうという冷徹な計算もある。

与惣兵衛は畠山民部の目を真っすぐ見つめると、ゆっくりと答えた。

「お待ちくだされ民部様。先般、拙者が吉良上野介様から申しつかったのは、ただ、高家衆の間で浅野家の謝礼の額が不適切という声が上がっているようだと、噂話のふりをしてお伝えすることまででござる。先ほど民部様が仰られたことを改めて浅野様にお伝えするとなると、もう噂話を伝える程度ではすみませぬぞ。

そうなると、高家の正式な意志として浅野家に抗議を申し入れなければなりませぬから、当然、浅野様にお伝えする前に民部様から高家の皆様にご説明して、ご了解をお取りいただけるということでよろしいですな」

たかだか七百石扶持の下級旗本に口ごたえされるとは露ほども予想していなかった畠山民部は、思わぬ強い反論にたじろいだ。

「いや、それは違う……違うぞ梶川殿……」

そう言ったきり、畠山民部は苦々しい顔をして黙りこくってしまった。与惣兵衛はその顔を、鷹のごとき鋭い目つきでずっと睨み続けた。この我利我利亡者の爺さんには、いい加減に黙っておいてもらわねば、我々の仕事に差し支えることこのうえない。

しばらくの沈黙のあと、呻くように畠山民部は言った。

「吉良殿じゃ。吉良殿のお考えを確認せねばならぬ」

「は？」

「梶川殿のお考えはそうかもしれぬが、果たして吉良殿も本当に同じお考えなのかはわからぬぞ。吉良殿には、高家肝煎として、高家衆全体としての見解を示していただかねば納得はできぬ。梶川殿、これから吉良殿の元へ行って、ご見解を伺ってこられよ」

「は？　吉良様は今朝より京にご出立されておりますぞ。もうお屋敷にはおられますまい。見解を伺うなど無理にござる」

与惣兵衛は思わず頓狂な声を上げてしまった。吉良上野介は今日から江戸を発ち、二月二十九日まで帰ってこない。ついに耄碌したかこの爺さん、と思ったがそうではなかった。

「無理となな？　貴殿はいつもそうだ。何かと言うと無理、何かと言うとできませぬ、と繰り返す。ご公儀のお役目に『できぬ』はありませぬぞ。吉良殿が京に出立されたといっても、それは今朝のこと。今から馬を飛ばせば十分追いつけるではないか」

さすがの温和な与惣兵衛も、あまりのくだらなさに耐えられなくなり、口調がきつくなった。

「いや、本件は高家衆と浅野様の問題ゆえ、畠山様より吉良様に使者をお立てなされよ。拙者の仕事はこれまでであり、失礼させていただく。御免」

話を切り上げて席を立とうとする与惣兵衛を、畠山民部が怒り声で呼び止めた。

「梶川殿。高家のお役目は、すなわち公儀のお役目。本件に対して無関係などと申されるのは、不忠の振る舞いであろう。拙者から若年寄に、その旨を申し上げてもよろしいのですぞ」

――若年寄！

どんなに納得できず、どんなに怒り狂っていても、自分の直属の上司である若年寄の名を出されると、与惣兵衛は弱かった。

高家肝煎という役職には、役職自体にそこまでの強い権力はない。しかし、将軍の権威に直結する業務であるため、幕府の要職者の多くと深い面識があるのが厄介だった。

高家肝煎の畠山民部から、若年寄にあることないことを吹き込まれたら、与惣兵衛のような下級旗本に抵抗の術はない。よくて左遷、悪ければ何かの濡れ衣を着せられて罰せられるかもしれない。

理は自分にあっても、自分には力がない。与惣兵衛は血が出るほど歯嚙みをしながら畠山民部の指示を受け入れ、いったん自宅に帰るとすぐに馬を飛ばして吉良上野介一行のあとを追った。

吉良上野介は品川宿と川崎宿の間あたりにいた。旅の初日なのでまだ足取りは遅めで、品川宿でゆっくり休憩を取ってくれていたのがよかった。

将軍からの年賀の上使は、大名行列というほど仰々しいものではない。駕籠が二丁に槍持ちが数人に、上野介の乗馬が一頭、騎乗の家来が七人。それと彼らにつき従う徒歩の従僕たちを加えて、全部で二十人程度の一団だ。

丸に二つ引きという、足利将軍ゆかりの吉良家の紋を見かけた時に与惣兵衛はホッと安堵した。そして大声で自分の名を名乗ると、ご用件があって江戸から追って参った、吉良上野介様はおられるか、と呼ばわった。

「梶川殿。これはまた、いかがなされたか」

駕籠の中にいた吉良上野介は一行に停止を命じると、少し離れたところで休んでおれ、と家来たちに指示した。

わざわざ与惣兵衛自らが江戸から馬を飛ばしてやってきたということだけで、これはよほどの緊急事態が起こったのに違いないと、吉良上野介は機敏に察して即座に人払いをしたのだった。その素早い気遣いが、与惣兵衛はとても申し訳なかった。

今にも悔しさで泣きだしそうな情けない顔を浮かべながら、与惣兵衛はこれまでの経緯を説明した。吉良上野介の指示どおりに浅野内匠頭に噂話を伝えたのに、畠山民部が納得せず、もう一度浅野家に行ってこいと命じられたこと。それを断ったら、吉良上野介の見解がなければ納得できないと言われ、こうして馬を飛ばして意見を聞いてくるよう無理強いされたこと。

頼りがいのある吉良上野介の顔を見て、どっと安堵があふれて心が緩んだか、与惣兵衛の口調はすっかり畠山民部に対する泣き言のようになってしまっていた。吉良上野介はそれを不快がることもなく、真剣な表情で眉間に厳しい皺を浮かべながら、いちいち頷いては丁寧に耳を傾けていた。そして与惣兵衛の説明が終わると、落ち着いた様子で言った。

「梶川殿、このような件でわざわざこんな遠くまでご注進をいただき、ご足労誠に痛み入る。こたびは高家衆の間で意見が一致せず、結果として貴殿にこのようなお手間を取らせてしまい、誠に申し訳ない。おそらくこの調子では、拙者が口頭で貴殿にお答えして、それを貴殿の口からお伝えいただいたところで、畠山殿は納得しないであろう。よって、これより拙者が畠山殿に手紙をお書きするゆえ、お手数だがそれを彼の元にお届けくださらぬか。さすれば、さすがの畠山殿も何も言えぬはず」

吉良上野介の言葉に、与惣兵衛は必死で堪えていた涙をこぼさんばかりに感激した。与惣兵衛はまさに、それを吉良上野介に頼もうと思っていたからである。

おそらく、吉良上野介の見解を聞いて与惣兵衛が口頭で報告したところで、畠山民部は再びあれこれと難癖をつけてくるに違いなかった。

それを防ぐには、吉良上野介が畠山民部に直筆の書状を書いてくれるのが一番だ。だが、自分のような微禄の人間のために、旅の途中の吉良上野介がわざわざそこまでやってくれるだろうかと、ずっと不安に思って気を揉みながら、与惣兵衛はここまで馬を飛ばしてきたのだ。

こちらから何もお願いしていないのに、相手の懸念や心配事を汲み取って、先回りして対処を申し出てくれる。この目配りの注意深さと対応の細やかさこそが吉良上野介の真骨頂であり、彼が現在の地位を築き上げるに至った最大の理由だった。

家来に持ってこさせた筆を紙の上に走らせながら、吉良上野介は与惣兵衛に尋ねた。

「して、浅野殿のご様子はいかがであったか？」

与惣兵衛は返答に一瞬迷いながらも、慎重に一言ずつ言葉を選びながら答えた。

「さすがに、戸惑われておりました。決して例年と遜色のない謝礼を用意したのに、高家衆よりこのようなご指摘を受け、そのようなことを言われる筋合いはないと」

「怒っておったろう」

「たしかに、いささかご立腹のご様子とも、お見受けしました」

「それはそうであろう。こんなことを言われて腹の立たぬ大名はおらぬよ。さぞ高家衆を恨んでおられるだろうな、浅野殿は」

そう言われて与惣兵衛はどう答えるべきか悩んだ。今回の謝礼金に文句をつけたのは畠山民部である。吉良上野介は逆に、それを必死になだめた側だ。それなのに浅野内匠頭は、吉良上野介に対してだけ文句を言った。何十人といる高家を束ねるのが高家肝煎の筆頭たる吉良上野介の役目であって、こんなくだらない苦情が外部に漏れてくるという時点で、高家肝煎としての管理がなってないという文句だ。

浅野様はどうやら、吉良様を恨んでおられるようです。ご注意めされよ。そう正直に伝えるべきかどうか、与惣兵衛は迷った。

でも、わざわざ二人の仲を悪くするようなことを伝えるのは逆によくないことだ、と思って黙っておくことにした。

六．元禄十三年　十二月二十五日（事件の二か月半前）

吉良上野介が江戸を発って七日が経つ。

年の瀬まであと五日、仕事納めを前に、世の中はすっかり手じまいの緩んだ空気になっている。そんな中でただ一人、梶川与惣兵衛は焦っていた。

吉良邸で一同が顔合わせをしてから吉良上野介の出発までの三日間、あれほどキビキビと動いていた各人が、吉良上野介が江戸を発った瞬間から、それまでの機敏さが嘘のようにダラダラと何もしなくなったからだ。

勅使が江戸に滞在するのは三月十一日から十八日まで。到着まではまだ二か月半近くあるが、年の瀬から正月にかけての十日間くらいは年賀の挨拶やら何やらで、普段の仕事はほぼ何もできない。そうなると、本番までは実質あと二か月ちょっとしかないのである。実にのんびりした今の進捗具合で、本当に間に合うのだろうか。

さらに、与惣兵衛がガックリと脱力したのは、浅野家が高家の畠山下総守に提出した、饗応の費用見積書を見かけた時だった。

十七年前に同じ役を務めているので、浅野家の家中には、どんな調度品や料理や歌舞音曲を手配すればよいのかを記した前回の資料が残っている。そのため、饗応に必要な諸費用一覧が書かれた見積書の明細項目自体は、若干情報が古いものはあったが、そんなに間違ってはいなかった。

しかし、その金額のところはほとんど数字が入っておらず、わずかに書かれている数字は、いったいどこから参照したのかと目を疑うほど的外れな内容だ。そして一番下の総額の欄には「四百両」とだけ書かれている。

ちょっと待て、四百両って何だ。去年の勅使饗応役は九百両かかっているんだぞ。この四百両というのは十七年前の相場だろ、何考えてんだ。与惣兵衛は心の中で毒づいた。


元禄八年（一六九五年）に幕府が行った貨幣改鋳により、小判に含まれる金の含有量が引き下げられた。以前の一両小判と今の一両小判は、額面が一緒でも中身の価値は全然違う。それに元禄期の経済の急激な発展が加わって、十七年前と今では、ざっくり物価は倍になっている。

それに加えて、勅使饗応役のような幕府の面目に関わる類の行事は、ともすれば費用が無軌道に膨れ上がりがちだった。下手に節約して「なんだ昨年より貧相だな」なんて感想を将軍に一言でも言われてしまったら、あっさりと自分の首が飛びかねないので、わざわざそんな危険を冒してまで、費用を抑えようとする幕府の担当者はほとんどいない。どうせお金を出すのは饗応役を命じられた大名だから、自分は痛くもかゆくもないのだ。

そんなわけで、勅使饗応役にかかる費用は、物価の上昇を上回る速さで年々高騰していった。昨年の費用は九百両だったが、今年はもっと上がっても全くおかしくはない。普通に考えれば、今回は絶対に四百両で済むはずもないことなど、言われなくてもすぐに気づくはずだ。

だが元禄時代の武士階級には、合戦で槍をふるって手柄を立てるのが自分の真の仕事だという意識が、いまだに根強く残っている。銭勘定などは卑しい商人の仕事だと軽蔑し、そろばんの使い方すら知らない人間が勘定方の責任者に就任することすら珍しくはなかった。もし、そういった連中が浅野家の中枢を担っていたら、こんな常識はずれな数字が浅野家から出てきても全く不思議ではなかった。

たまらず与惣兵衛は浅野家の江戸屋敷に行き、江戸詰家老の安井彦右衛門に面談を申し入れた。

「安井殿。拙者、浅野家より先頃畠山下総守様に出された饗応の見積をたまたま拝見したのであるが、饗応役の見積総額が四百両とは、これいかに」

するると、安井彦右衛門は人のよさそうな笑顔を浮かべながら、悪びれもせずにニコニコと答えた。

「いや、あれは前回の饗応役の時の資料を参考にして作ったものでござる。まだ表の空欄も多いので、これから詳しく調べたら金額が変わってくる点も多かろうと思うが、まずは全体を下総守様に見ていただこうと思って提出した次第で」

「そうでござるか。しかし率直に申し上げて、この額はあまりにも少なすぎでござる。たしか貴家は、饗応役の内命を受けてすぐ、昨年の饗応役であった稲葉能登守殿に、前回のご様子をいろいろとお聞きになられていたはずであろう」

「いかにも。稲葉能登守殿には、高家の皆様への謝礼をどの程度ご用意すればよいかについて、お伺いしておりますぞ」

「その時に、昨年の饗応役ではどの程度の額が必要になったかも、合わせてお尋ねになられてはおらぬのですか」

すると安井彦右衛門は、日なたぼっこをする老人のような穏やかな表情で、のんびりと答えた。

「たしかにその時に、昨年のご予算についても、合わせてお伺いしておけばよかったかもしれませぬなぁ」

与惣兵衛は、ダメだこいつじゃ話にならん、と即座に見切りをつけた。

普通、昨年の饗応役を担当した大名に話を聞きに行くなら、高家への謝礼などといった枝葉末節の部分よりも、総額でいくらかかったのかという全体像について真っ先に質問するべきだろう。どうやらこの安井彦右衛門という男は、すぐ目の前にある問題しか考えられない人間のようだ。

彼はその時、高家への謝礼はいくらかという問題に頭を悩ませていたから、稲葉家にそれを質問した。ただそれだけだ。次に何が問題になるかという想像力は、安井彦衛門の頭にはない。それはその時になったらまた考えればいいや、とでも思っているらしい。

多くの大名家において、江戸詰家老という役職は、江戸における大名の生活と幕府への対応に関する実務全てを取り仕切る現場の要である。その職に就いた者は、周囲に起こるあらゆる出来事に目を配り、機敏に対処しなければならない。そのため、家の中でも特に気が利いてそつのない人材が江戸詰家老の職に就くことが多い。

それなのに、人当たりのよさだけが取り柄で、目先の問題をやりすごすことしか考えない人間が、こんな重職に就いていて本当に大丈夫なのか浅野家。

「九百両でござる。昨年は九百両」

まだるっこしい言い方をしていたら絶対に話が通じないと思った与惣兵衛は、厳しい表情で単刀直入に言った。

「ほう、九百両」

終始にこやかに目を細めていた安井彦右衛門の瞼が、わずかに開いた。しかしそれは一瞬のことで、すぐに元の笑顔に戻り、何事もなかったかのように言った。

「しかし、当家は四百両しか用意しておりませぬ。この江戸屋敷にも、九百両などという大金は持ち合わせておらぬ」

沈黙が、しばらく続いた。

いや、「持ち合わせておらぬ」じゃないでしょうが。

持ち合わせていないなら、至急赤穂の本国に送金を依頼する手紙を書くとか、江戸の出入り商人に金を貸してくれるよう頭を下げに行くとか、いくらでもやらなきゃいけないことがあるでしょうが。

どうしてコイツは終始こんなに他人事でいられるのか。よくもまぁこんな調子で、今まで江戸詰家老をやってこられたもんだな。

与惣兵衛はあっけに取られたが、戦国の世が終わって百年、泰平の世の中で能力など一切関係なく、ただ親の既得権益を世襲してきた武士たちの危機感などこんなものだ。

安井彦右衛門は、ニコニコと笑ったまま何も言わない。

きっと、こうして黙って待っていれば与惣兵衛が何か対策を教えてくれるとでも思っているのだろう。おそらく彼は、今までの人生でもずっとそうしてきて、それで何の問題もなかったのだ。家老の家に生まれた彼に対して、どんな時であれ、最後は周囲の誰かしらが必ず彼に手を差し伸べてくれた。今回だって彼は、きっと誰かが何とかしてくれると思い込んでいるに違いなかった。

安井彦右衛門の態度からそんな甘ったれた根性を垣間見て、与惣兵衛は何だか無性に腹が立ってきた。なので、何も言わずにしばらく黙っていることにした。安井彦右衛門も、柔和な笑顔を一切崩さず一言も発しない。与惣兵衛は「私は地蔵様、私は道端のお地蔵様」と脳内で繰り返しながら、石のように固まり続けた。

とうとう、根負けした安井彦右衛門がぼそりと口を開いた。

「四百両じゃ、だめですかの？」

「だめです」

一言だけ答えると、また与惣兵衛は地蔵に戻る。安井彦右衛門は「はあ……」と軽くため息をついたが、その笑顔は薄っぺらく顔面に貼りついたまま決して崩れない。

「じゃあ五百」

「だめ」

「六百……」

不毛な押し問答に、今度は与惣兵衛が音を上げた。

「いや、だからですね安井殿。そもそも、全体の予算額のような重要なことを拙者に相談するのがおかしいのではござらぬか。そこは拙者のような下っ端役人ではなく、きちんと責任者の吉良上野介様にご確認されるのが筋でありましょうぞ」

「しかし、吉良様は江戸にはおらぬ」

「そうですなぁ。おられませぬなぁ」

与惣兵衛は、この男は絶対に助けてやらぬと心に決めて、助言をするのを一切やめた。

「吉良様が江戸にいないなら、浅野様にそれを説明して手紙でも何でも書いてもらえばいいじゃないか。何のための十日ごとの報告書だ」と怒鳴りつけてやりたいところだったが、それは安井彦右衛門には言ってやらない。

安井彦右衛門のほうから、教えてくれとか助けてくれとか、そうやって素直に頼んでくるのであれば答えないわけではない。だが、「困ったなぁ、ああ困った」と白々しく周囲に言って、それで誰かが助けてくれるのを待つといった姑息な手を使うような相手に、親切に助言をしてやる義理などない。

「まぁ、いずれにせよ昨年の饗応役にかかった費用は九百両であった。このことだけは貴殿にたしかにお伝えしておきますぞ。浅野内匠頭様にも、その点はすぐにお伝えいただきたい。何であれば、重要なことゆえ拙者から直接お伝えしてもよろしいが、いかがか？」

「はあ」

「いかがか？」

「結構。結構でござる」

よろしい、とだけ答えると、与惣兵衛は即座に席を立った。

最後に「重要なことゆえ拙者から直接伝えてもいい」と安井彦右衛門に言ったのは、与惣兵衛なりの危険予知だった。

この善良で愚鈍な男は「こんな話を伝えたら、殿は不機嫌になりそうだなぁ、それは嫌だなぁ」と考え、報告をダラダラと遅らせるに違いないと与惣兵衛は直感で見抜いたのだ。

それで、お前が浅野様に早く伝えなかったら俺が代わりに伝えるぞ、そうなった時に連絡遅れでこっぴどく怒られるのはお前だからな、という睨みを利かせたわけである。

数日が過ぎた。予算四百両の話はどうなったかと与惣兵衛は気になってはいたが、彼は彼で、大奥の御台所の留守居番としての勅使饗応の準備作業がある。この件にばかりつききりでもいられない。

彼の職務は、将軍綱吉の正室（御台所）である鷹司《たかつかさの》信子《ぶこ》の身の回りの雑務を行うことだ。御台所は、勅使饗応の一連の儀式の中での出番も多く、準備もかなり手間がかかる。

信子が参加する儀式に使われる調度品や什器の類は、将軍家の備品を使うこともあれば、饗応役の大名が用意するものもある。

ちょうどその時、浅野家で用意した信子の儀式用品の一覧表が浅野家から届けられたので、さっそく与惣兵衛はそれを読んでみた。そして微妙な表情をした。

浅野家が四百両という馬鹿げた予算額を取り下げたことは、届いた一覧表に書かれた品揃えを見ればすぐにわかった。与惣兵衛がわざわざ浅野家に乗り込んでいって、昨年の饗応役の費用は九百両だったと伝えた意味はあったようである。

ただ、目録を見た限りの何となくの印象だが、いくつかの道具が昨年よりも安物に変えられていたり、数が減らされていたり、ところどころで地味に費用が削られている気がする。一つ一つは大きな差ではないが、積み重なれば気づく人は確実に気づく。与物兵衛は不安になってきた。これはいったい誰が内容を確認して、この予算でよいという判断をしているのだろうか。

予算の問題のほかにもう一つ、与物兵衛が気を揉んでいるのが、高家が浅野内匠頭に指導している礼儀作法だった。与物兵衛の目からすると、彼らの日々の稽古は危なっかしくて、とても見ていられない。

今年の勅使饗応役への指導を担当する高家は、畠山民部大輔基玄、大友近江守義孝、畠山下総守義寧の三人だが、その実力は実に心許ない。畠山民部と大友近江守は年功序列で選ばれただけの高家肝煎だし、畠山下総守は、親が初代の高家肝煎だったという親の七光りで今の立場にありつけているだけだ。

高家職というのは本来、高度な知識と長年の経験を必要とする専門職である。若い頃からその道一筋を突き詰めて、何十年も経験を積んでやっと一人前になるという性質の仕事だ。だから、吉良上野介や、院使饗応役の指導担当となった品川豊前守伊氏などは、いずれも十代の若いうちから高家職に就いている。

だが、いま浅野内匠頭を指導している三人は、いずれも最初は高家以外の職に就いて、それが上手くいかなかったりした末に、途中から高家の職に鞍替えをしている連中である。そのため、年齢だけは高くとも経験は浅い。

与惣兵衛は別に朝廷の儀式の専門家ではないが、十六歳で御書院番として出仕し始めた時から、幕府の役人としてもう四十年近く饗応役の仕事を横で眺めてきた。それだけに、今や下手な専門家よりもよっぽど儀式の内容には詳しい。

そんな与惣兵衛に言わせると、三人の高家が浅野内匠頭に教え込んでいる礼儀作法は、おそらくかなりの部分が間違っている。それに、そもそも教える側の人間が儀式の内容をうろ覚えなので、そんな彼らから稽古をつけられる浅野内匠頭の所作も、どこか精彩を欠いてキレがなく、動きに美しさが全く感じられなかった。


それと比べると、例年の吉良上野介の礼儀作法の指導は実に厳しかった。十二月中旬の顔合わせが終わるや否や、びっしりと稽古の予定が組まれ、三月中旬の本番までの三か月、礼儀作法と美しい所作を骨の髄まで叩き込まれる。相手が石高数万石の大名であろうが、一切手加減なしである。

手取り足取りで複雑な所作を一から全て教えて、一度教えた動作を間違えたら、厳しい言葉で叱責した。所作のわずかな手指の形や足さばきまで、細やかに気を遣うことを要求し、そこに少しでも気の緩みがあると、持っていた扇子でぴしゃりと大名の手や膝を打つこともしばしばあった。

その厳しいやり方に、たかが四千二百石の旗本のくせに生意気な、と多くの大名が反感を抱いた。だが、それだけやっただけに毎年きちんと成果はあって、本番の儀式に臨む大名たちの目は誰もが凛々しく自信に満ちていて、洗練された身のこなしには張り詰めた美しさが感じられた。

そんな鬼教官の吉良上野介が不在の今年は、所作の指導も実に締まらないことこのうえない。高家と浅野内匠頭との間で、指導する日時を決めるだけの簡単な日程調整に無駄に何日も費やして、気がつくと年の瀬が迫っていた。結局、年内に高家から浅野内匠頭に指導をしたのはほんの数回だけで、あとは早々に年明けに先送りされた。

吉良上野介が指導していた例年だったら、あまりの厳しい指導に、年末の頃にはどの大名もぐったりしているのが常だ。しかし与惣兵衛が年末の挨拶に浅野内匠頭を訪ねた時、浅野内匠頭は涼やかな顔をして、「十七年前は吉良様にこっぴどくやられて、えらい難儀した覚えがあったが、今回は彼がおらんと、ずいぶん楽でええわ」と言って愉快そうに笑っていた。

与惣兵衛はたまらず諫めた。

「いいえ、大変懼れながら、ここで気を抜くのは禁物でございます。吉良上野介様の厳しさは十七年前から全く変わっておりませぬ。今は吉良様がご不在のためこのような有様ですが、だからと言って所作の稽古で気を抜かれますと、吉良様がお戻りになられたあとで、取り返しのつかないことになりかねませぬぞ」

しかし浅野内匠頭は笑って言った。

「そうは言うてもなぁ梶川殿。指導の予定は高家の皆様が組まれたもんなんやで。指導を受ける側の我々のほうから、ちょっと指導が足らぬのではないか、もっと厳しくしてくれ、なんて言うのもなんだか妙な話やと思わへん？」

たしかにそれはそうだ。

与惣兵衛は帰宅後、これはどうしたものかな、と頭を抱えた。

指導の甘さを修正しなければという危機感はあっても、与惣兵衛はたかだか七百石扶持の下級旗本にすぎない。そんな彼が、自分よりずっと格上の高家の人々に向かって、礼儀作法の指導のやり方がまずいと口をはさめるはずもなかった。

もう、吉良様しかいない。この状況を変えられるのは、吉良様だけだ。

七．元禄十四年　一月十日・その１（事件の二か月前）

梶川与惣兵衛にとって、元禄十四年ほど心が穏やかでない正月はなかった。

例年であれば、十二月の中旬に勅使と院使の饗応役が内定するとすぐに、調度品や料理、酒といった儀式に必要なものの手配が動きだし、大名たちは儀式の場での礼儀作法と所作の指導を、吉良上野介からみっちりと受けはじめる。

しかし今年は、吉良上野介が将軍の年賀使となり、十二月十八日に江戸を出発して京に向かってしまった。そこからの約半月、例年だったらもう佳境に差しかかっているはずの諸準備が、びっくりするほど進んでいない。そしてそのまま、ダラダラと年越しの休みに入り、全ての業務が停止してしまった。

例年だったら家族とくつろいで過ごす安らかな正月も、焦りで心が落ち着かない今年の与惣兵衛にとっては、胃を炭火でじりじりとあぶられるような、苦くて長いものだった。

この間、与惣兵衛は京にいる吉良上野介からの書状をずっと待っていた。吉良上野介が出発前に命じた、十日ごとの報告書の返信である。

浅野家は言いつけどおり、吉良上野介が出発した十二月十八日から十日経った二十八日に最初の報告書を送っていた。江戸と京の間は早飛脚で四日かかるから、吉良上野介が手紙を読むのは一月二日。そこからすぐに吉良上野介が返事を書いてくれたら、一月六日にはそれが江戸に届くはずだ。

与惣兵衛は、その手紙で吉良様が江戸の準備の遅さを注意してくれれば私も動きやすくなるんだけどな……などと期待していた。それで、松の内も明けないうちから毎日のように野暮用を作っては浅野家屋敷に通い、吉良上野介からの返書が来たかどうかをしつこく尋ねた。

浅野家の江戸詰家老の安井彦右衛門は「さぁ、届いておりましたかどうか？」などと呑気なことを言っている。それを何度も催促して確認させたが、一月六日を過ぎても七日を過ぎても、手紙は一向にやってこなかった。

その時の与惣兵衛には知る由もなかったが、京にいる吉良上野介は確かに予定どおり、一月二日に浅野家からの書面を受け取っていた。しかしその書面を見て、頭を抱えてしまっていたのだった。

浅野家からの書状には、美辞麗句を無駄に連ねた時候のあいさつと、長旅をねぎらい健康を祈る冗長な社交辞令が延々と書き連ねられていた。だが、肝心の饗応役の準備状況については書状の最後に「諸事について畠山民部様、大友近江守様、畠山下総守様の言いつけを守り、万事滞りなく進めており心配無用」としか書かれていなかったからである。

この程度の内容をわざわざ連絡してきて、浅野内匠頭はいったい何を私に判断しろというのかと、対応のいい加減さに吉良上野介は腹を立てたが、もっと腹が立ったのは江戸に残った高家衆の三人、畠山民部、大友近江守、畠山下総守に対してである。

吉良上野介は、彼らにも十日に一度、書面で報告をよこすように言っていたつもりだった。しかし三人は一向に書面をよこさない。書面で報告せよという指示は浅野内匠頭だけに与えたものであって、自分たちは対象外だと勘違いしたのか。

でも、院使饗応役のほうの指南役を務めている品川豊前守からは、非常にわかりやすい報告書がちゃんと期日どおりに送られてきている。同じ場所にいて同じ話を聞いていたのだから、品川豊前守には話が伝わって、畠山民部、大友近江守、畠山下総守には伝わっていないというのも変な話だ。

あるいは、勘違いしたふりをして、三人で示し合わせて吉良上野介の指示を無視しているのか。

ふつふつと沸きあがる怒りを理性で必死に抑え込み、吉良上野介はいったんこの浅野家からの書状から意識を離した。指摘すべきことが多すぎて、返事を書くには、それなりのまとまった時間と頭の整理が必要だった。

一月二日に京に到着した吉良上野介にとっての今一番の重要事は、一月六日に行われる天皇に対する将軍の年賀奉祝の儀式である。京に到着するやいなや、正月気分など味わう暇もなく、六日の儀式に向けた公家衆との打ち合わせで予定はびっしりと埋まり、それらに忙殺されているうちに、浅野家への返事は大きく遅れた。

ようやく確保できた束の間の空き時間、吉良上野介は改めて浅野家からの書状を見返した。読めば読むほど、浅野内匠頭のあまりの呑気さと感覚のずれ具合に、怒りと落胆が込み上げてくる。しかも、三人の高家からの書状は依然として届いていない。「ふう」と一回深呼吸をして心を落ち着けると、吉良上野介は静かに筆を取った。そして、浅野内匠頭の書状に対して長々と苦言を書き連ねていった。

——今回のような雑な報告では、必要なことがこちらでは何もわからず、私は困っている。この十日ごとの報告は、饗応役を滞りなく勤めあげるために必要不可欠なものなので、状況をもっと詳しく教えてもらわねば困ってしまう。こちらが知りたい情報は、饗応役にかかる総予算の見積りと、道具を仕立てるのに時間がかかる調度屋や小間物屋への発注状況と、それと所作の稽古がどこまで進んだかの報告と、あとはそうやってこまごまと要望事項を書きだしていったら、書状は大変な分厚さになってしまった。しかしこれは全部必要不可欠な連絡なのだ、と吉良上野介は自分に言い聞かせると、書状を礼紙でくるんで封をした。

続いて、三人の高家への書状である。最初はこちらの書状も、怒りに任せて浅野内匠頭に送ったのと全く同じ調子で書き始めたのだが、そこで吉良上野介はふと我に返って思った。

こんな書き方では、あの三人がへそを曲げる。

ここが難しいところで、浅野内匠頭に対してなら、吉良上野介は指南役として上の立場から単刀直入にものを言うことができるが、高家の三人は同僚なのだ。全く同じような接し方はできない。

特に、畠山民部と大友近江守は同格の高家肝煎で自分と同年代だから、物言いには細心の注意を払わなければならない。彼らは高家職としての自尊心を変にこじらせているので、ここで機嫌を損ねると、陰でどんな仕返しをされるかわかったものではなかった。

吉良上野介は高家の三人に対しては「浅野内匠頭からの連絡だけでは情報が不足しているので、より正確な情報を得るためにも、三人からも定期的な情報提供をいただけると非常に助かる」といった依頼口調で、へりくだった丁寧な書状を書いて送った。

江戸の与惣兵衛は、正月が明けてからというもの、浅野家の江戸屋敷に毎日顔を出しては、吉良上野介からの手紙がきたかどうかを確かめ続けている。

あまりにもまめに顔を出すものだから、門番とはもう顔なじみになっていたし、浅野家の江戸屋敷では「出入りの小間物屋だって、こんなに足繁く通っちゃいない」と、与惣兵衛はすっかり有名人だ。

一月十日の昼下がり、いつものように与惣兵衛が浅野家江戸屋敷に行くと、最近ようやく与惣兵衛の狙いに気づいた安井彦右衛門が、聞いてもいないのに「来ましたよ、お待ちかねのやつが」と教えてくれた。

与惣兵衛は待ち望んだ吉良上野介の書状に、思わず明るい声で「さようですか」と言いそうになったが、安井彦右衛門の顔があまりにも不機嫌そうなので、寸前で慌てて言葉を飲み込んだ。とはいえ、内心の喜びを隠しきれず表情と態度に若干漏れてしまったかもしれない。

「吉良様は、ずいぶんと口うるさい方でござるの」

安井彦右衛門は吐き捨てるようにそう言った。何のことだろう？　と与惣兵衛はいぶかしんだが、そこに児小姓頭の片岡源五衛門がやってきて、安井に何やら耳打ちをした。すると安井は与惣兵衛に向き直って、深刻そうな顔で言った。

「梶川殿。たった今、我が殿からのお言づけがあった。もしこれから貴殿のご都合がよろしければ、我が殿、内匠頭にお会いいただけないだろうか」

浅野家五万石の藩主から、そんなふうに面談を申し込まれて与惣兵衛が断れるはずがない。それに安井彦右衛門の浮かない表情を見ても、吉良上野介からいったいどんな書状が届いたのかが非常に気になる。与惣兵衛は一も二もなく了承した。

藩主の間に向かう途中の廊下で、安井彦右衛門が歩きながらぼそりと言った。

「我が殿には、痞という持病がおありでな。普段の暮らしは特に差支えもないのだが、過度の心労が重なり、激しいお腹立ちが続いた時に、急に呼吸が浅くなる発作が出ることがある。一度発作が出てしまうと、ひどい頭痛で数日は立つこともままならなくなってしまうのじゃ」

「そうでございますか。それは心配」

安井彦右衛門はそこで、与惣兵衛のほうを向いてギロリと鋭い目で睨みつけた。

「梶川殿。殿の痞の発作が出るようなことのないよう、殿が激しくご立腹されるような話は、くれぐれも控えていただくように」

普段は人畜無害な好々爺のような雰囲気の安井彦右衛門の瞳が、この時だけ野獣のような猛々しい光を放った。与惣兵衛はなんだか意外な思いがした。

こんな奴でも、こんな目をすることがあるのか。

そうか。浅野内匠頭様の身体に直接危害が及ぶようなことに対しては、普段は牛のように呑気なこいつでも、こんな虎のような目で睨みつけることができるんだな。

藩主の間に通された与惣兵衛は、一段上がった藩主の座からずっと下がった場所に平伏した。

「ええで、ええで梶川殿。そんな畏まらんと、こっち来なはれ」

控えの間から入ってきた浅野内匠頭は、いつものように人懐っこい笑顔を浮かべて与惣兵衛を手招きしたが、与惣兵衛はひたすら恐縮して、それを固く辞退した。そうでなくても浅野家の江戸屋敷の間取りは、一段上がったところにある藩主の座と、一般人の座る場所の距離が他家の屋敷よりもずっと近いので、与惣兵衛は何だか落ち着かない。

「そない遠いところに座られたら顔がよう見えんがな。梶川殿も旗本やから、やっぱりお堅いでんなぁ……まあええわ。今日、梶川殿にいきなり時間をいただいたのは、な、吉良様からきた手紙のことなんや」

「十日に一度やり取りすると決めた、あの書面のことですな」

「せや。うちが先月の二十八日に送った返答がやっと今日きたんやけどな、なんやずいぶんとあちらさん、カッカと怒ってんねや」

「さようでございますか。いったいどんなことをお書きに？」

「読むか？」

そう言うと浅野内匠頭は、脇息《きょうそく》のそばに置いてあった書面を拾い、あっさりと与惣兵衛に投げてよこした。

たしかに与惣兵衛は、今回の饗応役の重要な関係者ではある。それでも大名家から大名家に出された手紙を、家臣以外の者に軽々しく見せるなど普通ありえない。相変わらずの脇の甘さである。

「遠慮せんでええで。梶川殿には知っといてほしいねん」

手紙を投げ渡されて、どうしたらいいかわからず戸惑っている与惣兵衛を、浅野内匠頭は笑って催促した。そこで仕方なく与惣兵衛は恐る恐る手紙を拾い上げて、うやうやしく押し戴いたあとで中を開いた。やけに長い手紙だった。

「まったく。なめとんのか吉良様は」

終始いつもの笑顔を見せながら、今日の浅野内匠頭の目は全然笑っていない。与惣兵衛は手紙を読み進みながら、自分の顔がどんどん青ざめていくのを感じていた。手紙には厳しい口調で、浅野内匠頭の対応のまずさが事細かに指摘されていた。

――これでは必要なことが何一つわからず、大変遺憾である。このようなことでは先が思いやられる。今すぐ考えを改めるべきだ。この報告は、饗応役を滞りなく勤め上げるために必要不可欠なものと考えているが、貴殿の文面からはその意識が全く感じられず、本当にこの役目を真剣に果たすつもりがあるのか、貴殿の真意を疑わざるをえない——

そんな手厳しい苦言が、故事を引用し典雅な言い回しを駆使した、格調高い文体で長々と書き連ねてある。

さすがは吉良上野介様。苦情の手紙ですら、行間から高い教養がにじみ出てしまっている……と与惣兵衛の頭に一瞬だけ変な感想がよぎったが、そんな呑気なことは言っていられない。

与惣兵衛としては、吉良上野介様から皆にガツンと厳しく注意してくれたらいいのになぁという程度のことは期待をしていたわけだが、これではあまりにも言い方が厳しすぎる。

「なんやねんこれは。ここまでボロクソに書かれたら、さすがの儂も心折れるわ。やる気完全にのうなったわ」

投げやりな口調で浅野内匠頭がぼやく。

「だいたいな、こんだけ長くて、まだ半分なんやでこの手紙」

「は？　どういうことですか」

「ホレ。残り半分がこっち」

そう言って浅野内匠頭は、手に持っていた紙の束を雑に放り投げた。与惣兵衛はそれを両手で丁寧に拾い上げ、頭上に掲げて軽く会釈すると中を開いた。

そこには、以下の事項を大至急書いて送れと、求めている情報の一覧がずらりと箇条書きされていた。

饗応役にかかる総予算の見積りと、調度屋や小間物屋への発注状況と、歌舞音曲の手配先、それに所作の稽古がどこまで進んだかの報告……それにしても要望が細かい。

たしかに、総費用の見積りを出すのは与惣兵衛も望んだことだ。

しかし吉良上野介の書状では、銭一貫文以上の出費に関して全ての明細を教えろと書いてある。そこまで細かい内容を要求するのは、さすがにいかがなものか。

勅使饗応役の仕事において、吉良上野介は指南役ではあるが責任者ではない。作業の大まかな方向性に誤りがあれば、それを軌道修正する責務はあるが、最後に判断して責任を負うのはあくまで饗応役の浅野内匠頭である。

それなのに、指南役にすぎない吉良上野介に対して、饗応役からそこまで細かい数字を報告する必要が本当にあるのだろうか？

それ以外の項目についても、どの調度屋、どの小間物屋に発注したのか、これまで行った稽古の日付と時間、どの儀式のどの動作まで習得できたか等、あらゆる事項について、微に入り細に入り報告を求めている。これはあまりにも完璧主義すぎやしないか。

与惣兵衛は、いついかなる時も冷静に容儀を保ち、謹厳な表情を決して崩さない吉良上野介の顔を思い浮かべながら考えた。

あぁ、いつもの吉良様の悪い癖が出たな。

実は、この程度の細かい要求など、吉良上野介にとっては日常茶飯事なのだ。

自分の使命は、幕府が執り行うあらゆる朝廷向けの儀式について、昔から連綿と受け継がれてきた伝統を守り、のちの世に正しく引き継ぐことである――そんな実直な使命感を彼は常に背負っていた。その責任意識は、茶道や華道などの家元とよく似ている。

我こそが栄えある伝統の継承者であると任じていた吉良上野介は、指導する相手から怨みを買うことを、むしろ誇りにすら思っていた。「この崇高な仕事のためなら、自分は進んで嫌われ役になろう。大名からの苦情は、自分の仕事の進め方の正しさを証明するものであって、むしろ大歓迎なのだ」と彼は常日頃から周囲の者たちに語っている。

とはいうものの、経験豊富な実務家である与惣兵衛からすると、吉良上野介の今回のやり方は危なっかしくて仕方がなかった。今年は長期間江戸を不在にし、その間は書面でやり取りをしなければならないのだから、もっと冷静に現実を見て柔軟にやり方を変えるべきではないのかと思う。

吉良上野介の確固たる信念はたしかに立派なものだが、その信念にこだわりすぎて、儀式そのものが崩壊してしまったら元も子もないではないか。

例年なら、厳しいことを言うにしても面と向かって相手に言うから、それでもまだ誤解を受ける可能性は低かった。

折り目正しく礼装を着こなし、常に涼やかな態度を崩さない吉良上野介には、全身から自然とにじみ出る威厳がある。彼が相手の目をじっと見ながら低い声で静かに叱責すると、周囲の空気が不思議なほど静かに、ピリッと緊張する。

そんな吉良上野介を前にすると、大名たちは内心どんなにムカムカと腹を立てていても、誰もが黙って引き下がらざるを得なくなるのだ。

それに、吉良上野介の指示はたしかに細かいし物言いも手厳しいが、言っていること自体はいつも筋が通っていて決して理不尽ではない。そのため、その場では腹が立っても不思議議とあまりあとには尾を引かなかった。

でも、今年は違う。

根っからの役人である与惣兵衛などは彼の手紙を見て、相変わらず吉良様は達筆で、流麗な文体も見事なものだなぁなどと専門家目線から感心したものだが、田舎領主である浅野内匠頭の心に、手紙の美しさなどは全く響かない。

前置きのまだるっこしい、形だけカッコつけてて何を言いたいのかさっぱりわからない長ったらしい手紙で、よくわからないけどボロクソに怒られた。そんな理不尽さと怒りだけが浅野内匠頭の中に残った。

直接会って話さない、文字だけのやり取りは危険だ。

愚痴をこぼす浅野内匠頭を前に、与惣兵衛はじっとりと脂汗が自分の顔から染み出てくるのを感じた。ここは浅野内匠頭と直接話せる場所にいる自分が、なんとかして二人の間を取り持たねば。

「吉良上野介様は、何事にも完璧を求め、どなたに対してもたいそう厳しいお方でございますれば、江戸の様子が気になって仕方がないのでございましょう。これも全て、大事な饗応役のお役目を絶対に成功させねばならない、というあのお方の熱意の表れでございます。他意はござらぬものとお考えいただければ」

吉良上野介を擁護するために、与惣兵衛が必死でひねり出したこの言葉も、浅野内匠頭に響いた様子は全くなかった。彼の言葉が終わらぬうちに、浅野内匠頭は不機嫌そうに言葉をかぶせた。

「どなたにも厳しいって言うけどな梶川殿。それなら、高家衆のお仲間にもちゃんと厳しく当たって、こんなふうに同じく手紙でボロクソに注意しとんやろうな、って話なんや」

「はあ」

「どうせ何も言っとらんのやろ。儂みたいな、指導を受ける側の大名だったら何言ってもええわと見くびって、それで儂にだけこんなきっつい手紙書いとるんや吉良様は。だいたい儂はな、江戸に残った高家の皆さんの、ありがたーいご指導に沿って全部準備を進めとるんやで。ハッキリ言ってめんどくてしゃーないんやけど、畠山民部のクソ爺にも、おるのかおらんのか全然わからん大友近江守にも、さっぱり使えんボンボンの畠山下総守にも、儂はいちいち全部ちゃーんとお伺いを立てながら進めとるんや。なんでそれで怒られなアカンねん。

　吉良様は京に行ってて不在で、その間は江戸の三人が責任者なんやろ？　だったらその三人の責任者にきちんと報告をしながら進めとるんやから、それでええやん。十分やん。なんで責任者でもない吉良様に、わざわざ儂からこんな事細かに報告上げなあかんねん、なあ？

　そりゃあ、やばいことあったら吉良様にもすぐに伝えるけどな、今のところ順調で、やばいことなんてちっともあらへんのやで。せやから報告は『諸式について江戸の三人の言いつけを守って、万事滞りなく進めており心配無用です』で十分やん。それなのに何をブチ切れとんねんこのオッサン」
浅野内匠頭の額には青筋が浮き上がり、顔色は真っ赤を通り越して少しだけどす黒い。なるほどそういうことか、と与惣兵衛は起きている出来事の全てを察した。たしかに、浅野様がお怒りになる気持ちはよくわかる。よくわかるんですが……今のところ順調でちっともやばいことはないって、本気でそう思ってるんですか浅野様？　あなた、十七年前に一度饗応役をやってるのに、なんでこの状況のやばさに気づかないんですか？

だが、与惣兵衛はすぐにその考えを打ち消した。過去に一度経験があるといっても、それは十七年も昔のことだ。普通の人間ならほとんど忘れている。それに前回は浅野内匠頭もまだ若く、江戸家老の大石頼母助が全てを取り仕切っていたから、彼は実務のほとんどを知らないのだろう。今の惨憺たる有様を見て浅野内匠頭が順調だと思っていても、それは仕方がないことなのだ。

さて、どうする与惣兵衛……？　問題はこじれているが、原因はそれほど複雑なものではない。

「十日ごとに報告をしなさい」という指示について吉良上野介は、中心人物である自分に細かいところまで連絡があるのが当然だと思っていた。しかし浅野内匠頭は、江戸にいる三人の高家が担当者なのだから細かい部分は彼らと打ち合わせをするべきで、吉良上野介への連絡は当然、大筋さえ伝えておけば十分だと思っていた。この二つの「当然」の違いが、今回の行き違いの原因なのだ。

なるほど。二人が怒っている原因はよくわかった。でも。じゃあ、これどうすれば二人の関係を修復でききんの？　与惣兵衛は頭を抱えた。

「まあ、梶川殿にこんな愚痴ってもしゃーないわな。今日はこれから御城行かなあかん用事があるから、もうこれで終わりにするけど、また今度、儂の愚痴聞いたってや。もう最近、いろいろと溜まって溜まってあかんわ。あの高家のアホ三人、ホント駄目やで」

「御城へご出仕でございますか。拙者もこれから御城に戻ります。ではまた、城中でお会いできるかもしれませぬな」

「城中言うても、例の高家の三人のとこやで。今日もまた礼儀作法と所作の稽古やねん。あーかったる」

「日々のご研鑽、痛み入ります。これも全てはご公儀のため。浅野様の日頃のご忠勤を上様にお見せする場とお考えくだされば」

少しでも浅野内匠頭を前向きな気持ちにさせなければと思い、与惣兵衛はご公儀、つまり徳川幕府の名前を出した。浅野内匠頭は普段から口調こそ乱暴で投げやりなふうを装っているが、根っこは善良で真面目な人なのだ。

「せやな。ご公儀のためやしな。めったなことはできひんしな」

浅野内匠頭はそう言ってニカッと笑った。無表情の時はいつも眉間に深い皺を寄せ、目つきが鋭く一見怖い印象を与える彼だったが、笑うと驚くほど目尻が下がり、クシャッと顔が崩れて、とても可愛らしい優しい顔になる。与惣兵衛は、浅野内匠頭のその笑顔がとても好きだった。

何とかして自分は、この愛すべき浅野様と、尊敬する吉良様の仲を取り持たねばならぬ。それが私の使命だ。

与惣兵衛はそう心に誓った。

八. 元禄十四年　一月十日・その２（事件の二か月前）

浅野家を退出した与惣兵衛は、江戸城に戻って雑務をこなした。基本的に武士たちは暇人ばかりだが、江戸城に勤める下級旗本だけは、例外的にやたら忙しい。

浅野様は今頃、高家の皆様の元で礼儀作法と所作の稽古をしている頃だろうか。せっかくだから顔だけでも出しにいこうと考えた与惣兵衛は、こまごまとした雑仕事を手早く片付けると、浅野内匠頭がいつも高家の三人から所作の指導を受けている部屋に向かった。稽古の邪魔にならない頃合いを見計らって中に入ろうと、与惣兵衛は部屋の近くでいったん立ち止まった。それから音を立てないように静かに襖のそばに近寄ると、中の様子に聞き耳を立てた。

部屋の中から、畠山民部の爺さんのキンキン響く耳ざわりな声が聞こえてくる。

「饗応役がしっかりしていただかなければ、困りますなあ浅野殿。

我々はあくまで指南役にすぎず、必要な礼儀作法を伝授してさしあげることしかできませんのじゃ。実務を取り仕切り、最後の責任を負うのはやはり饗応役。全ては浅野殿の肩にかかっておるのですぞ」

爺さんの声はやたらと甲高くよく通り、しかも耳が遠いせいかいつも必要以上に大声で話すので嫌でも耳に入ってしまう。そのあとに、大友近江守のボソボソとした聞き取りづらい声が続く。与惣兵衛は息を殺して襖に耳をつけた。

「京にいる吉良上野介殿から、貴殿からの連絡では必要なことが何一つわからぬ、という苦情の書状が我々の元にきておる。吉良殿は、浅野殿はいったい何を考えておるのかと、大いにとまどって大変ご立腹のご様子じゃ」

大友近江守の発言にかぶせるように、今度は畠山下総守が神経質そうな早口でまくしたてる。

「吉良殿は、浅野殿に任せていては正確な話がちっとも伝わってこないといって、我々三人からも書状で報告を送るよう言ってこられたのじゃ。本来、貴殿がしっかりと吉良殿に状況を報告しておれば、我々から報告の必要などなかろうこと。貴殿が報告を怠っておるばかりに、高家の我々にまで余計な瑣事が回ってくるとは、全く嘆かわしいことであるぞ」

ああ。そういうことか。畠山下総守の言葉で、与惣兵衛は全てを理解した。

こいつら三人とも、吉良上野介様に手紙で怒られたんだな。そしてその鬱憤を、浅野様にぶつけることで解消してやがる。

三人の高家の口調はねちねちと嫌味たらしく、部屋の外で聞き耳を立てている部外者の与惣兵衛でさえ、胃がむかついて吐き気がしてきた。まして、自分の指導者であり、決して逆らうことのできない三人の高家に囲まれ、至近距離から面と向かってこの嫌味を聞かされている浅野内匠頭の心境はいかばかりだろうか。

だいたい、与惣兵衛の記憶では、十二月に関係者の顔合わせを行った時に、吉良上野介はたしか「準備の進捗を書状に記して、皆様から十日ごとに送ってくだされ」と言っていたはずだ。

与惣兵衛はこの言葉を、饗応役の浅野内匠頭と伊達左京亮だけでなく、江戸に残る高家全員からも吉良上野介に書状を送るものだと解釈していた。

しかし、この三人の高家たちはそうは全く思っていないらしく、自分たちから吉良上野介に報告を送る必要はないと考えているらしい。

浅野内匠頭も同じことを疑問に思ったのか、低く押し殺した声で言い返した。口調は明らかな怒気を含んでいる。

「……いえ、お言葉ですが皆様。拙者の記憶が正しければ、吉良様はあの顔合わせの場で『皆様から』書状を送るようにと仰られたはずではなかったか」

すると、何を馬鹿なことを言うのか、という嘲笑とともに畠山民部が答えた。

「そりゃ『皆様』というのは饗応役の貴殿と伊達左京亮殿のお二人のことを指してお

るに決まっていようが。我々はあくまで指南役。礼儀作法を教えるのが仕事であって、饗応役の準備の進捗について、我々が口を挟むのは本来おかしなことであろうよ。それゆえ、準備の進捗を吉良殿に報告するのは、当然のことながら貴殿の役目じゃ」

いや、ちょっと待てそれは違うだろ？　と与惣兵衛は首をひねった。

たしかに、形式上は饗応役が儀式の総責任者であり、高家はあくまでその指南役にすぎない。だが、少なくとも吉良上野介が例年果たしている役割は、単に礼儀作法を教える指南役という程度の軽いものではなかった。責任感の強すぎる吉良上野介が、素人である饗応役の頼りない準備作業をどうしても黙って見ていることができず、つい事細かにやり方に口を出してしまうからである。

饗応役としては、高家の重鎮である吉良上野介の指摘を無視するわけにもいかないので、結果的には、儀式のほぼ全てが吉良上野介の意向に沿って進められるという形が常態化してしまっていた。

十八年前に浅野内匠頭が初めての勅使饗応役を務めた時は、まだ初代の高家肝煎が三人とも健在だったので今ほど吉良上野介一人が全てを差配する感じではなかったが、それにしても饗応役と指南役の関係性は基本的には変わっていない。

それが今回は、例年なら細かな指示を出してくるはずの高家側がいきなり「我々は礼儀作法を教えることしかしない、あとは自分でやってくれ」などと言いだしたのである。

本当にその進め方でいいのか？　そういう進め方をすることを、京にいる吉良様は本当に了解しているのか？


実際のところ、この無能な三人の高家はそこまで考えてなどいなかった。彼らは高家という職務で得られる甘い汁だけを吸って、その職務についてくる責任はとにかく背負いたくないという浅ましい人間たちだ。彼らは何も考えずに、ただ自分より立場の弱い者に責任を丸投げしているだけだ。

そうやって楽をしていたら吉良上野介にやんわりと注意されて、「浅野内匠頭からの報告だけでは情報不十分なので、あなた方からの報告も必要です」と言われてしまった。

彼らはそれで反省するどころか、「浅野内匠頭がしっかりしていれば自分はこんなことをしなくてもいいのに」などと、浅野内匠頭に対して理不尽な逆恨みをしているのである。

与惣兵衛はハラハラしながら、襖の向こうの会話を必死で聞き取っていた。腸が煮えくり返っているのか、浅野内匠頭の声がわずかに震えているように聞こえる。

「しかし、吉良様は出発前に我々に、高家の皆様の言いつけをしっかり守ることだけを心がけよ、そうすれば何一つ心配はいらぬと……そう仰られていたでは……ないですか」

「それは礼儀作法の指導に関する話だけじゃ。饗応役の準備は我々の関知することではない。我々は前例を貴殿にお伝えすることはできる。しかし、前例を踏まえて今年をどうするかについては、全て饗応役の浅野殿がご自分でお考えになられて、浅野殿の責任で進めるべきことじゃぞ」

「そんな無慈悲な……饗応役の準備については、逐一皆様のご指示をいただかなければ、風雅を解せぬ我々田舎大名には何もわかりませぬ……。何卒……何卒、皆様のご指導ご鞭撻を賜りたく……」

屈辱に耐えて静かに頭を下げる浅野内匠頭の姿が、襖越しに与惣兵衛の目に浮かんだ。自分の屋敷ではいつも「高家？　あかんわあのアホどもが」と行儀の悪い言葉で悪態をつきまくっている浅野内匠頭の姿をよく知っているだけに、与惣兵衛はいたたまれなかった。

でも、こうして神妙に頭を下げて懇願しない限り、この無責任な三人の高家は間違いなく浅野内匠頭を無慈悲に切り捨てにかかるだろう。そんなことは高家にとっては造作もない。ただ、浅野内匠頭に何も教えなければいいだけのことだ。

畠山民部の傲岸不遜な甲高い声が、周囲に響き渡った。

「ふん。ま、そもそも高家衆はみな最初の、貴家がご用意された指南役の謝礼の時点でいろいろと……」

与惣兵衛はとっさに思った。

やばい！　ここで先日のくだらない謝礼の話を持ち出してくるか爺さん？　どんだけ根に持ってるんだよあの話。これ浅野様の忍耐、もう限界だろ。あの方は、決して辛抱強いほうじゃない！

与惣兵衛はわざと大きな物音を立てながら立ち上がり、目の前の襖を勢いよく開けた。バタンという大きな音が鳴り、部屋にいた四人は驚いた顔をして、一斉に与惣兵衛のほうを向いた。

「あっ！　これは失礼を！」

与惣兵衛は慌てたふうを装って、バタバタと床に膝をついて平伏し、大げさにお詫びの言葉を叫ぶ。

「お取り込み中、気づかずに大変粗相つかまつりましたッ！」

乱入した与惣兵衛が、「申し訳ございません、申し訳ございません！」と泣きそうな顔で何度も大声で詫びを繰り返して一向に外に出て行こうとしないので、この話は完全に腰が折れてしまった。最後は畠山民部が、「もうよい梶川殿。我々は所作の稽古中じゃ。仕事に戻られよ」と面倒くさそうに話を打ち切った。

それでも与惣兵衛はのろのろと時間をかけて立ち上がり、彼らが本当に所作の稽古を再開するのを横目でさりげなく見届けてから、ようやく襖を閉じてその場を去った。

去り際、与惣兵衛の目に映っていたのは、眉間に深い皺を寄せ、やや俯いた姿勢のまま、まるで能面のようにピクリとも表情を動かさない浅野内匠頭の姿だった。

「辛抱ですぞ、浅野様……」と、与惣兵衛は心の中で浅野内匠頭に深々と頭を下げた。


それにしても、これはちょっとまずいことになってきたな、と与惣兵衛は苦りきった顔を浮かべた。責任者たちが全員、驚くほど仲が悪い。

与惣兵衛は、幕府という巨大組織において、何の権限も持たないただの一枚の歯車にすぎない。だが、幕府に出仕して今年で三十九年、彼はもはや、大奥御台所の中では上役を抜いて一番の古参である。歯車にだって歯車なりの小さな矜持がある。今回のぎくしゃくした饗応役の準備も、その矜持にかけて、何とかして無事にやり遂げなければならない。

地位の低い与惣兵衛には、互いにいがみ合い不信感をぶつけ合う責任者たちに対して、ガツンと直接意見を言える権限はない。しかし彼には、大名や高家たちと長年かけて培ってきた人間関係があった。

与惣兵衛は、別に役人としてずば抜けて優秀というわけではない。あまり鋭い意見は言わないし、ほとんどの場合、ただ黙ってハイハイと相手の話を聞くだけである。あるべき理想を自分から熱く語ることもなく、他人の意見に安直に流されてしまう時だって結構ある。

だが、彼のそんな一種の「愚鈍さ」は、どうやら相手に安心感を抱かせるものらしかった。大名や高家たちは、ほかの大名や家臣たちに対する自分の発言にいつも重い責任がつきまとう。だが、地位が低い部外者で「愚鈍な」彼に対してなら、心を許してベラベラと自分の思いを遠慮せずに話すことができた。

与惣兵衛には、そういった他愛のない会話を通じて自然と積み重なっていった、目上の人とも遠慮なく話ができる信頼関係がある。ほんの少しだけなら、思いきったことをやっても許されるだけの余裕を彼は持っていたのだ。

私はつくづく、運のない男だ。

どうしてこう、責任者でもなく何の権限も持たない自分が、こんな余計な気苦労を背負わなければならないのか。でも、やるしかない。自分しかやれる人間はいない。

帰宅後、与惣兵衛は灯明に火を入れて文机の前に正座すると、パンパンと両頬を強く叩いて気合を入れて、筆を取った。

手紙の宛先は、京にいる吉良上野介だ。

九．元禄十四年　一月十六日（事件の二か月前）

梶川与惣兵衛は、何度も何度も下書きを繰り返し、文言を入れ替えたり見直したりしながら、吉良上野介宛の手紙を慎重に書き進めていった。

朝廷の官位において、与惣兵衛は武家官位の最下級である六位。それに対して吉良上野介は従四位である。そんな天と地ほどの身分差をわきまえず、吉良上野介に直接個人的な手紙を送るなどというのは、無礼な行動と思われて激怒されても仕方がない暴挙だ。

普段の与惣兵衛だったら、こんな思いきった行動を取ることはまずあり得ない。だが、この状況でそんな悠長なことは言っていられなかった。

今日は一月十六日。勅使の到着まであと残り二か月弱しかない。それなのに、礼儀作法と所作の稽古は一向に進んでおらず、指導内容もいいかげんで、締まらないことこのうえない。

それに加えて、浅野家の家臣たちの手際の悪さも与惣兵衛の頭痛の種だった。

彼らは決して悪い人たちではない。むしろ非常に義理堅く情に厚く、実に気持ちのいい人たちだ。何度も浅野家屋敷に通ううちに、与惣兵衛は浅野家の家臣たちとすっかり仲良くなったが、たとえば児小姓頭の片岡源五衛門などは眉目秀麗、受け答えも涼やかで好感の持てる礼儀正しい人間だし、高田馬場の決闘で一躍時の人になり、今は浅野家に召し抱えられて馬廻りを務める堀部安兵衛も、浅野内匠頭への忠誠が常に表にあふれ出て止まらないような、実に一本気で熱い男だ。

ただ、一緒に仕事をする時には、ちょっとやりづらいな……与惣兵衛はほんの少しだけ、浅野家の家臣たちが苦手だった。

浅野家の家臣たちは、誰もが浅野内匠頭の情に厚い性格に心酔していることもあって、皆が燃え上がるような強烈な忠誠心を抱いている。

「わが君のためなら拙者は命を捨てることも厭わない」

「わが君の命であれば、拙者は何でも従う」

「わが君を支えようという家臣の団結の強さこそが、どの家にも負けぬ浅野家の誇りでござる」

浅野家の家臣たちと話していると、二言目にはそういう言葉がすぐに出てくる。

だが、日々戦に明け暮れ、いつ主君が生命の危機にさらされてもおかしくない戦国の世ならばまだしも、元禄の天下泰平の世で、そのような大げさな覚悟が役に立つ機会は正直言ってほとんどない。そんな何の役にも立たない熱意を誇っている暇があるのなら、もう少し浅野家のために普段の雑務にもっと手を動かしたらどうかと与惣兵衛は思う。

それに、団結の強さといえば聞こえはいいが、それは物事を一人で決められないということでもある。

浅野家では、ごく些細なことを決めるにしても、あの人の了解を取り、あの人にお伺いを立て、あの人にも一言お断りを入れておかなければ後々面倒なことになる――と、説明して回らなければならない先がやたらと多かった。

そんな無意味な団結を重んじる人よりも、多少淡泊でいいので目の前の金勘定や雑務をバッサバッサと手際よく片付けてくれる人のほうが、与惣兵衛としてはよほどありがたかった。だが、浅野家ではその手の人物は「家臣の団結を軽んじる自分勝手な人間」と見なされて、ほとんど評価されないらしい。

与惣兵衛をさんざん苦しめている、無能な江戸詰家老の安井彦右衛門にしても、浅野家の家風からすると「各方面に筋を通し、多くの人の顔を立てながら物事を進めてくれる人格者の家老様」ということになっているようなのだ。あまりの感覚の違いに与惣兵衛は愕然とした。

いま、与惣兵衛にとって何より気がかりなのは、饗応役のために浅野家が組んだ予算額である。どうやら浅野家の家臣たちは、何とかしてこの予算額を減らそうと、陰でコソコソと企んでいるようなのだ。彼らは最初、十七年前に饗応役を務めた時にかかった四百両という見積りを出してきて、与惣兵衛を慌てさせた。

そこで与惣兵衛は、昨年の饗応役にかかった費用は九百両だったと伝えたが、その後に浅野家が今年の予算をいったい何両に設定したのかは、のらりくらりとごまかされて全く教えてもらえない。

まぁ、おそらく浅野家の予算は七百両というところだろうな、と与惣兵衛は推測していた。彼くらいの熟練者であれば、購入予定の調度品の目録を見れば、その程度はすぐに目星がつく。

しかしそれにしても、浅野内匠頭は何だかんだ文句を言いつつも、幕府の役目に対してはいつも真摯に取り組んできた人物である。果たしてそんな人物が、たかだか二百両の費用を惜しんで、昨年が九百両なら今年は七百両にせよなどとケチ臭いことを言うとは考えにくかった。

どうせ家臣の誰かがよかれと思い、気づかれないはずと高をくくって、さりげなく予算を削っているのだろう、安井彦右衛門あたりがいかにも考えつきそうな姑息な策だ、と彼は苦々しく思っていた。

たしかに、元禄の世になってから生活・文化の全てが華美になり、最近はどの大名も財政難に苦しんでいる。無駄な費用を削るのは必要なことだし、少しでも藩の財政に貢献しようという心がけ自体は悪いものではない。

しかしそれは、こそこそと陰でやるのではなく、話を通すべきところにきちんと通し、周囲からの批判を受けないような態勢を整えたうえで堂々とやるべきことだ。幕府に隠れて、浅野内匠頭にも報告せず、家臣の一存で秘密裏に費用を削ることが忠義だなどと安井彦右衛門は考えているのだろうか。

もし、こっそりと費用を削ったことで浅野家の評判が落ちたら、家臣が勝手にやったことであっても、赤っ恥をかくのは藩主の浅野内匠頭だ。ましてや、それが原因で幕府の心証を悪くしてしまったら、損失は到底二百両どころでは済まなくなる。

幕臣である与惣兵衛の目から見たら、こんな小細工は愚かで馬鹿馬鹿しいにもほどがあるのだが、藩という狭い世界の中で暮らす大名の家臣に、そのような広い視点はない。我が藩の目先の出費が減ってよかったよかったと、ただ自分の目の前の浮いた二百両を見て自己満足に浸っている。

与惣兵衛としては、とにかくできるだけ早いうちに、浅野内匠頭に予算の現状を知ってもらう必要があった。そうこうしているうちにも、すでに安物の貧相な調度品の発注がかけられ始めており、軌道修正が難しくなりつつある。

ところが、安井彦右衛門もそういう与惣兵衛の狙いに徐々に気づき始めているようで、最近はあれこれ理由をつけて浅野内匠頭に会わせてくれなくなった。与惣兵衛の地位がもっと上だったら、浅野家の家臣に対して凄みを利かせることもできたろうが、下級旗本にすぎない与惣兵衛にそこまでの力はない。そもそも、与惣兵衛がこれまで浅野内匠頭と一対一で会わせてもらえていたことの方が異例中の異例だったわけで、与惣兵衛に文句を言える筋合いはなかった。

こうなってしまうと、もう与惣兵衛自身の力でできることは何も残っていなかった。浅野内匠頭に対して意見をできる立場にあって、与惣兵衛が相談できる相手は、吉良上野介しかいないのだ。

与惣兵衛は吉良上野介に宛てた手紙に、現在の準備の進捗状況をつぶさに書き連ねた。

儀式の所作と礼儀作法の稽古が一向に進んでおらず、自分としては心配でならないこと。浅野家の予算がこっそり削られている可能性があり、自分の見立てではおそらく七百両程度に減らされていると見ているが、自分の立場ではもう調べようがないこと。報告の不備を理由に、江戸に残った三人の高家衆が、浅野内匠頭に陰湿な小言を言っているのを偶然耳にしてしまったこと。おそらくそのことで、浅野内匠頭様は苛立ちを募らせていて、非常に危うい状態であること。

そして、これらの問題を解決できるのは、吉良上野介様以外にはいないこと。できれば一日も早く江戸に帰ってきてほしいが、それが無理でも、せめて書面でやんわりと実態を確認してほしいこと……。

しかし与惣兵衛は、手紙を書いている間ずっと、吉良上野介から浅野内匠頭に出された手紙の、痛烈なダメ出しと細かすぎる指示を思い出していた。それで、この手紙を本当に出していいものか迷い続けていた。

与惣兵衛がいまの現状を赤裸々に報告してしまったら、吉良上野介はいよいよ怒り心頭に発して、前回以上に手厳しい手紙で、完膚なきまでに全員を追い詰めてしまうのではないか。しかし、それでは全くの逆効果なのだ。

先般、吉良上野介から送りつけられた厳しい叱責の手紙を読んで、浅野内匠頭と三人の高家衆が心を入れ替えて、人が変わったようにピシッと気を引き締めるなんてことは全くなく、ただ人間関係がいっそうギスギスしただけだった。だから、くれぐれも手紙の文章は詰問調にならないようにしてもらえないものか。

とかく、顔を合わせない書面上のやり取りは、感情の行き違いが起こりやすいのである。書面で連絡を取り合う時は、自分から頭を下げ相手を持ち上げ、相手の苦労を慮って、そのうえで申し上げにくそうに自分の依頼を簡潔に伝えるくらいの腰の低さでちょうどいい。その時に、なんで自分がそんな依頼をするのかについても、できるだけ背景と理由を詳細に書き添えておくべきだ。

それくらい丁寧に慎重にやってもなお、誤解や齟齬を完全に防げないくらい、書面でのやり取りは危険なのだと、何としても吉良上野介に理解してもらわねばならない。

だが、目上の吉良上野介に対して、与惣兵衛が偉そうに意見を述べることは到底無理だった。仕方なく与惣兵衛は、徹底的に吉良上野介をヨイショすることにした。

――浅野様は真剣に頑張ってくださっています。高家衆も決して悪い方々ではありません。しかし、状況が芳しくないため雰囲気がギスギスしてしまっています。これは、頼れる吉良様が不在な中で、誰もが戸惑っているためであります。

吉良様がしっかりと方向性を示してくれさえすれば、根が真面目な彼らもきちんと動いてくれるはずです。皆があなた様のご指示を待っているのです――

書きながら与惣兵衛は、いくら何でも媚びを売りすぎかなと気恥ずかしくなった。だが、これくらい思いきって持ち上げなければ状況は打開できないと思い返して訂正はしなかった。

あとはもう、この手紙を読んだ吉良上野介が、叱責したら逆効果であることを機敏に察してくれることを祈るしかない。

与惣兵衛は手紙を文机の上に置くと両手を合わせ、どうか私の思いが通じますようにと願いを込めると、封をして早飛脚に手紙を託した。

十．元禄十四年　一月十八日（事件の二か月前）

京にいる吉良上野介は、多忙な日々を送っていた。

東山天皇がお風邪を召されて、しばらく床に臥せておられたことから、例年一月六日に行われている将軍の年賀奏上の儀式が十一日に延期されてしまった。そのため、その後の予定が後ろ倒しになり、日程に全く余裕がなくなってしまったのだ。

それに加えて、実は今年の吉良上野介の上洛には、彼一人だけが知るもう一つの大きな秘密の目的があった。それは将軍綱吉の母、桂昌院《けいしょういん》の従一位への昇任を勝ち取ることである。その秘密任務が、ただでさえ忙しい吉良上野介をさらに多忙にした。

この余計な秘密任務が降ってきた事の発端は、昨年の夏頃に将軍綱吉がポツリと漏らした何気ない一言だ。

「母上に、さらなる官位をお贈りするのはどうだろうか」

将軍綱吉の大のお気に入りである側用人の柳沢吉保《やなぎさわよしやす》は、それを聞くや否や、

「は！　それは結構なことと存じます！　ただちに高家肝煎の吉良上野介を呼び、桂昌院様のご昇位につきまして、内々に朝廷との交渉を開始させることといたします」

という、響くようなキレのいい返事を即座に返した。

将軍綱吉が何かを言いだした時の柳沢吉保の返事は、常にこれである。彼の辞書に「それはいい考えです。是非やりましょう」以外の返答は存在しない。そして、その時の彼の中には、桂昌院の昇位が実際に可能かどうかなんてことは一つも頭にないのだ。

将軍の母は何の功績がなくとも、半自動的に従三位の官位を与えられる。儒学を好み日頃から親孝行を心掛けている綱吉が思いついたのは、その通例を強引に破って、自分の母にもう一段高い位を贈ろうということだった。

ただ、綱吉も別にそこまで深い考えがあって、こんなことを言いだしたわけではない。実際のところ、自分の軽い思いつきに対して、下の者から率直な意見を聞かせてほしいくらいの気持ちだった。

だが柳沢吉保という男には、そもそも下の者が上の者に対して意見を述べるなどという発想自体が存在しない。かつて綱吉が生類憐みの令を言いだした時も、彼は間髪入れずに「素晴らしいことにございます」と即答した。そしてそれは、江戸の庶民が

どんなに文句を言おうが絶対に実現したのである。

柳沢吉保は、将軍の意志を現実にするのが側用人としての自分の使命である、と信じて疑わない人間だった。将軍は絶対君主であり、国中が心を一つにして将軍の意志に従うことで国は安定して泰平の世が訪れるのだと、彼は一点の迷いもなく考えていた。ある意味では、混じりけのない水晶のような純粋な思想を持つ男だった。

かくして、将軍綱吉の頭にふと閃いた気まぐれな思いつきは、ポツリと彼の口から発せられ柳沢吉保に拾われた瞬間に、決して失敗が許されない絶対指令に変わったのである。

その直後、柳沢吉保の元に呼びつけられた吉良上野介は、将軍綱吉のご意向を伝えられ、それを何としても実現させるようにという丸投げの指示を受けた。

「桂昌院様への官位叙任でございますか……」

思わず吉良上野介は顔をしかめた。

今まで自分が慎重に慎重に積み上げてきた、地道な対朝廷工作を完全に無視したこの唐突な指示はいったい何なのか。こんなものは、将軍と柳沢吉保が自分の仕事の意義を全く理解しておらず軽く見ていることの何よりの表れであり、吉良上野介は反射的にムッと腹を立てた。

しかし、相手はあの柳沢吉保だ。逆らうことはできない。齢四十一歳にしてこの男の職位は、将軍に次ぐ最高権力者にあたる「大老格」であり、五人の老中たちよりも格上だ。彼の役職は側用人であり、将軍のお言葉を老中に取り次ぐだけの仕事にすぎないのだが。

還暦をすぎた吉良上野介にしてみたら、柳沢吉保ごときはポッと出の若造にすぎない。だが、彼は将軍綱吉の絶大な信任を勝ち得た、今をときめく有力者である。あまりにも将軍の信頼が厚いものだから、将軍と柳沢吉保は男色関係にあるのだという噂が常に絶えない。世の人々の多くは、めざましい栄達を遂げた彼への嫉妬もあって、それが彼の出世の理由なのだと信じて疑わない。

彼のことをよく知らぬ部外者の中には、彼をただのゴマすり人間だと批判する者も多い。だが、吉良上野介は必ずしもそうとは思っていなかった。

綱吉は理想主義的で理屈っぽい性格で、その日の気分によって好き嫌いが大きく変わる。懸命にゴマをすったところで、突然綱吉の怒りを買ってクビになった人間は無数にいるのだ。だから、ゴマすり人間だから出世できたという分析はあまりにも単純にすぎる。

極端に気まぐれな将軍に長年仕えて、今までに一度たりとも怒りを受けず信用を失っていないという点だけでも、柳沢吉保の能力の高さがわかる。彼の尋常ならざる頭の回転の速さと、人当たりがよく絶対に敵を作らない温和な性格は決して侮れないと、吉良上野介などは思っていた。

　だからこそ、聡明な吉良上野介は次の瞬間にはもう怒りを収めて、柳沢吉保が持ち込んだこの課題の達成に向けて、いち早く頭を切り替えていた。そして桂昌院の昇位を勝ち取るために必要な根回しに向けて、朝廷内の有力な公家たちの顔と相関図をパッと頭に思い描き、誰にどのような話をつけるのが一番の近道であるか、素早く試算を始めていた。

　おそらく、実現できなくは、ないな。

　江戸幕府の発足直後、幕府と朝廷との関係は非常に神経を使うものだった。幕府は形式上、天皇の将軍任命を得て初めて、日本全体の支配者であるという権威を認められる。だから朝廷の機嫌を損ねるわけにはいかないが、かといって朝廷の言いなりになっていたら、彼らはどんどん幕府の政治に余計な口出しをしてくる。

　そこで幕府は、朝廷に媚びを売って権威を与えてもらいつつ、その一方で足元を見られないよう牽制するという、硬軟織り交ぜたきめ細やかな対応を行ってきた。

　しかし江戸幕府の盤石の政治体制が百年も続いたいま、もう過去ほどの慎重な対応は不要であり、幕府から朝廷に対して多少の無理を押し通すことには何の問題もなかった。問題は、それをいかにしてお金をかけず手軽に成し遂げるかだ。

朝廷は伝統を重んじる。わずかでも前例から変化があることを極端に嫌う。それを、幕府側から無理を言って変えさせるのだ。

そのためには、なぜ前例を変えねばならないのか、誰もが納得できる説明を用意してやるのは当然のこと、それ以上に、朝廷にも何らかの見返りを与えてやらないといけない。

見返りとは、要するに金だ。

桂昌院の昇位と引き換えに、幕府から朝廷への献上金を増額する。昇位のために天皇に口利きをしてくれた公家衆にも、それなりの謝礼や見返りを用意するのは言うまでもない。

政治の実権を持たない朝廷の中で生きる公家衆たちは、自前の収入源をほとんど持っておらず、幕府や寺社からの献上金や寄付によって生活をつないでいる。それだけに、献上金や寄付などという、摑みどころのないフワフワしたものの金額をどう決めていくかの呼吸は実に心得たものだ。

彼らはきっと、吉良上野介が桂昌院の昇位の話を持ちかけた瞬間にはもう、その依頼の内容であれば献上金の相場は何両程度と頭の中で皮算用を始めるはずだ。そして天皇、院、有力な公家衆が「その額でよろしい」と了承した額が結論になる。だから、幕府の交渉役の話の進め方次第で、費用はいくらでも膨れ上がるし、逆にいくらでも抑えることができるはずだった。

吉良上野介は淡々と、しかし確固たる自負を持って、この仕事を実現できるのは自分しかいないだろうと思った。

後任があまりにも頼りないのでまだ第一線で頑張っているが、吉良上野介は今年で六十一歳。同年代の人間はあらかた隠居しているし、今この瞬間は健康そのものだが、いつ体調を崩して死んでもおかしくない老齢だ。この大仕事が自分のお勤めの最後の花道となる可能性も十分考えられる。


吉良上野介は柳沢吉保に尋ねた。

「桂昌院様はいま、通例に沿って従三位の位に就いておられます。ということは、朝廷に求めるのは正三位か、従二位といったところでございましょうか」

「ふむ……。いや、それでは何となく物足りない」

あっさりと了承するかと思った柳沢吉保が、自分の提案では物足りないなどと生意気なことを言うので、吉良上野介は気分を害したが表情には出さない。

「上様のお望みは、これまでにない高い位を桂昌院様にお贈りして、母君への孝行を果たそうというものじゃ。たった一位くらい上がった程度では、上様は決してご満足されないであろう」

現場の苦労を何も知らずに簡単に言うわこの若造め。たった一位などと簡単に言うが、将軍の自己満足にすぎないその一位の昇位を勝ち取るために、いったいどれだけの余計な費用がかかると思っているのか、と吉良上野介は腸の煮えくり返る思いだったが、それでも表情には一切出さない。

だが、柳沢吉保は現場の実情などをいちいち気にするような人間ではない。それどころか、現場の実情のような「余計なもの」を下手に知ってしまったばかりに、自らの判断にためらいが生じることのほうを彼は恐れていた。

柳沢吉保は、自分は将軍綱吉の道具であると考えていた。道具に個人の人格などは必要ない。将軍の命令が納得できないとか、現場が気の毒だとか、道具が個人の意志を持ってそんなふうに考えて将軍の命令に手加減を加えてしまったら、それは将軍の意志に反することであり、本末転倒なのである。

だから柳沢吉保は、自分にとってのあるべき姿の邪魔になるものを徹底的に排除した。現場の実情も、たとえ耳には入っていようが、脳内からは完全に排除していた。

たとえば、将軍綱吉が発案し実行された「生類憐みの令」は、庶民の不満と嘲笑の対象となり、綱吉は「犬公方」などと呼ばれ陰口を叩かれている。その事は当然、柳沢吉保の耳にも入っている。

だが、この男はそれでも全く意に介する様子はない。自分の役目は将軍の希望を叶えること。その希望を叶えた結果、将軍が下々の者から陰で笑われようが、それは柳沢吉保という男にとっては「些細なこと」なのだ。


柳沢吉保は、ごく当然の事実を伝えるかのように言った。

「これまで将軍のご生母の官位は、崇源院《すうげんいん》様の従一位が最高でありますな、吉良殿」

「さようでございます」

「であれば、やはり今回はそれを目指すべきでありましょうぞ」

「従一位……しかしそれは」

吉良上野介は絶句した。たしかに過去、将軍の生母で従一位の官位を受けた例はある。二代将軍秀忠《ひでただ》の正室にして三代将軍家光《いえみつ》の母、崇源院である。お市《いち》の方が産んだ三人の娘、俗にいう「浅井《あざい》三姉妹」の三女「お江《ごう》」として世に名高い女性だ。

崇源院はあの織田信長《おだのぶなが》の姪で、彼女の姉は豊臣秀頼《とよとみひでより》を産み大坂夏の陣で死んだ淀君《よどぎみ》である。その豪華すぎる血筋からいって、将軍の生母の中で彼女だけが例外的に高い官位を授けられても、誰一人として異論を唱える者はいないだろう。しかも、従一位を贈られたのは彼女の死後、故人の徳を偲んでのことだ。

一方で将軍綱吉の生母の桂昌院といえば、もともとは三代将軍家光の側室にすぎない。公式の記録としては関白・二条光平《にじょうみつひら》に仕える北小路宗正《きたのこうじむねまさ》の娘ということになっているが、実際には京の八百屋の娘だとか畳屋の娘だとかいう噂もある。

桂昌院の人生は、まさに奇跡のような幸運の連続だった。

彼女は最初、家光の側室であるお万《まん》の方の部屋子にすぎなかった。それがたまたま家光の乳母・春日局《かすがのつぼね》の目にとまり、指導を施されて将軍付きの御中臈《おちゅうろう》となった。御中臈というのは大奥で将軍の身の回りの世話をする役目で、女中の中から家格や容姿のいい者が選ばれる。

そこでたまたま家光に見初められ、お手がついて側室になった。そして息子の綱吉が生まれたが、本来ならば四男の彼が将軍になる可能性はほとんどなく、二十五万石の館林藩主で一生を終わるはずだった。

それが、兄の家綱《いえつな》が嫡男を残さぬままに四十歳で若死にするという幸運があって、彼の元に将軍の順番が回ってきたのである。

そんな、血筋も怪しく目立った功績もない桂昌院に、崇源院と同じ官位を授けさせるというのだ。しかも死後ではなく生前に。

申し訳程度に一位だけ昇位させてもらい、形だけ将軍の望みを叶えて終わりにするものとばかり思っていた吉良上野介は、予想以上の目標の高さに、慌てて脳内の皮算用をやり直した。こうなってくると前提が全く変わってくる。おそらく必要な費用は先ほどの四倍、五倍に跳ね上がるだろう。

　吉良上野介はしばらく無言で考え込んだ。まるで将棋の名人が相手の指す手を何十手も先まで読んでいくかのように、公家衆からの反応、予想される要求内容を何通りも想定しては、それに対する適切な切り返し方を考えていく。

　そして複雑な試算の末に、費用はかかるが不可能ではないだろうという結論を頭の中で導きだすと、力強く宣言した。

「かしこまりました。この吉良上野介、身命を賭して朝廷と掛け合い、桂昌院様の従一位への昇任を勝ち取ってまいりましょう。奇しくも今年は、将軍の年賀使として拙者が京に上がる順番の年。この時に一緒に禁裏との交渉を進め、大筋の話をつけて戻ってまいります」

　その頼もしい口調に、柳沢吉保の顔がパッと明るくなる。

「おお。そうであるか吉良殿。それは心強いお言葉」

「年賀使の二か月後の三月には朝廷から返礼の勅使が参ります。そこで上様より直々に、勅使様に対して最後の詰めとして一言お声がけをしていただければ、なお盤石でございます」

　表情を緩ませた柳沢吉保に対して、吉良上野介は厳しい顔を崩さないまま、頭を下げながら抑えた声で続けた。

「しかし柳沢様。拙者、桂昌院様の従一位への昇任は間違いなく可能であると確信してはおりますが、ひとつだけ条件がありますす」

「ほう。条件とは？」

「それは上様……いや、幕府の勘定を一手に見ておられる柳沢様のお覚悟でございます」

覚悟？　柳沢吉保の顔に、わずかに怪訝な表情が浮かぶ。

「従一位となると崇源院様以来の高位、しかも死後の贈位ではなく生前の昇位となると、それは前例がございませぬ。もちろん、この上野介が掛け合いさえすれば、たとえ前例がなかろうが必ずやご昇位は叶うものと疑いはございません。ただ、その話を通すために朝廷から求められる費用については……、正直この老骨にも、皆目見当がつきませせぬ」

「ふむ」

「そこで大事になるのは、柳沢様のお覚悟にございます。金に糸目はつけぬ、何が何でも従一位を勝ち取れとこの場で仰ってくださるのであれば、拙者、後顧の憂いなく最善の交渉で最高の結果を勝ち取ってまいりましょう。

それでは困る、費用は限りなく低く抑えよ、という思惑が少しでもおありであれば、拙者は従一位にこだわらず、もっとも出費を抑えて、かつ勝ち取ることができる、もっとも大きな昇位を目指して交渉いたします。それはそれで一つの立派な選択にございます」

柳沢吉保は、ふむ……と言ったきり黙りこくってしまった。

吉良上野介はかまわず続けた。

「交渉役がもっとも戦わねばならぬのは、目の前の交渉相手ではなく、背後のお味方にございます。相手と話をしている最中にお味方の考えが揺らいでは、この吉良上野介の立つ瀬がございませぬゆえ、最初にその点をはっきりさせておきたいのです」

実質的な幕府の最高権力者を前に、吉良上野介は全く怖気づくこともなく、理路整然と条件を突きつけた。これで柳沢吉保の気分を害すれば、その後の自分の立場が不利になる可能性もあった。

だが、どうせ自分以上に上手にこの仕事を果たせる人間などいないのだという強烈な自負が、吉良上野介に堂々とした態度を取らせた。こんな若造ごときに舐められてたまるか、という意地もあった。

すると柳沢吉保は気分を害するどころか、両手を打って吉良上野介を褒め称えた。

「あっぱれであるぞ吉良殿。この柳沢出羽守、今の貴殿の言葉で腹を決めた。委細承知した。金に一切糸目はつけぬゆえ、必ずや桂昌院様の従一位への昇位を勝ち取ってまいれ」

こうして柳沢吉保は、力強く承諾を与えて吉良上野介を京に送りだしたのである。

金に一切糸目をつける必要はないという言葉とともに、柳沢吉保の確固たる後ろ盾を得た吉良上野介は、京に到着するとただちに水を得た魚のように活発に活動を開始した。

万が一交渉に失敗してしまった場合にも幕府の威厳を損ねないよう、吉良上野介の朝廷との交渉活動は極秘裏に進められた。幕府の役人どころか、高家肝煎のほかの二人ですら、本件について何も知らされていない。

吉良上野介はたった一人で、これまで四十年以上かけて培ってきた自らの人脈と信頼関係を総動員して、桂昌院の従一位叙任に向けた足場を着実に固めていったのだった。

江戸にいる間は書面で、京に着いてからは直接会って、朝廷のさまざまな関係者に事情を説明し、了承を取り付けていく。

二月二十九日には江戸に帰る予定なので、京を出発するのは二月十三日を予定していた。吉良上野介はそれまでの滞在期間を無駄なく最大限に活用して、驚異的な勢いでいろいろな人との折衝をこなしていった。そして一月が終わる頃までには、吉良上野介は確実な手ごたえを摑んでいた。

これはいける。予想よりもはるかに少ない金額で、桂昌院様の従一位への昇位は勝ち取れそうだ。

あとは、最後の締めくくりとして三月の勅使饗応を無事にこなせばほぼ確定だろう。その場で、上様から勅使様に対して、桂昌院様の従一位への昇任をよろしく頼むと内々に直接お言葉をかけていただくのだ。

もちろん勅使への接待も、例年以上に豪華に心を込めて盛大にやる必要がある。それで勅使にご満足いただいて、幕府への心証をよくして帰っていただくのだ。おそらく勅使饗応の成否が、昇位獲得に向けた最大の鍵になるだろう。

こう考えた吉良上野介は、続けて江戸で準備を進めてくれている饗応役の浅野内匠頭の顔を思い浮かべて思った。

あの男はどうも、立場が下の者には無条件に優しいが、立場の上にはむやみに歯向かいたがるという傾向がある。だから高家の私たちにも無用の反感を抱いて、何かと突っかかってくる時がある。

そういう彼の性格は、吉良上野介にとっては若干やりづらかったが、反面、部下を慈しむ素晴らしい主君であることの証でもある。普段からの、公儀のお勤めに対する浅野内匠頭の責任感も申し分はなかった。

たしかに、最初の報告書が来た時には正直失望したが、手紙を送り返したあとで冷静になって考えてみると、自分の指示が少々曖昧だった部分もあったかもしれない。

その後、ちゃんと私から事細かに注意と指示を手紙で送ったことだし、きっと彼なら私の思いを理解して軌道修正して、私が江戸を不在にしている間も、うまく準備を進めてくれていることだろう。基本的に、彼は律義で真面目な男なのだ。

頼んだぞ、浅野内匠頭殿。

十一．元禄十四年　一月二十日（事件の二か月前）

京にいる吉良上野介のもとに、江戸の浅野内匠頭から二回目の報告書が届いたのは、一月二十日のことだった。

もともとの話では、十日ごとに手紙で進捗を送る取り決めだった。よって本来ならすでに十二月二十八日、一月八日、一月十八日の三回、浅野家から手紙が発送されてしかるべきであり、今の状態では報告がほぼ一回欠けてしまったことになる。

ただ、これは浅野家のほうにも言い分がある。間に正月があったため、その間は全ての作業が止まってしまったことと、多忙な吉良上野介からの返事が大幅に遅れたことだ。

吉良上野介からの返事がこないのに次の報告書を送ってしまったら、手紙が入れ違いになってしまう可能性がある。どうせ待っても数日の差だし、吉良上野介の返事だって遅れているのだから人のことは言えないだろうと、浅野家では吉良上野介からの返事を待つことにした。

するとと吉良上野介からやってきたのが例の、細かすぎる大量の指示が書かれた怒りの書状だったのである。この指示にどう答えるのか？　という難しい対応策の協議と、答えるために必要な膨大な資料の準備で浅野家は上へ下への大騒ぎとなり、それで返信にまた六日間もの時間を要した。

一方、京にいる吉良上野介は、自分の手紙のせいで浅野家がそのような大騒ぎになっていようとは知る由もない。彼の目に映っていたのは、十日ごとに来る約束だった浅野家からの報告書が一向に届かないという、極めて単純な事実だけだった。

それに彼は彼で、桂昌院の従一位叙任に向けた根回しで日々多忙を極めていた。老獪な公家衆との高度なかけひきで神経を磨り減らしている吉良上野介には、遠く離れた江戸の浅野家に思いを馳せる余裕などは全くなかった。

「ようやくきおったか……やれやれ」

大幅に遅れて到着した浅野家からの書状を見て、蓄積した心労に若干やつれた顔をした吉良上野介は、ため息を一つついて書状の封を切った。

だが、書状を読み進む吉良上野介の表情は、どんどん曇っていく。

あれもわからない、これもわからない、なぜだ、どうしてなのだ、という疑問が次々と湧いてきて考え込んでいる顔である。

前回あれだけ手厳しく怒られただけあって、浅野家からの今回の書状には、さすがに一応は具体的な報告と資料がついている。

しかし、その資料を読んでも、一向に準備の進捗状況の全貌がつかめないのだ。

こちらが頼んでもいない、本論とは関係のない無駄な情報はたくさん書かれている。でも、吉良上野介が知りたい肝心の情報はちっとも書かれていない。

たしかに一見したところ吉良上野介が送れと指示した資料をきちんと用意しているようだ。しかしその多くは若干要点がずれていて、彼が指示したものとは微妙に異なっている。そして何より、説明が回りくどくて、結論がどこにあるのか何度読み返しても全くわからない。

吉良上野介は資料を幾度も読むうちに、あまりの意味不明さにだんだんと苛立ってきた。

それに前回、あなた方からも報告を送っていただきたいと丁重に礼を尽くして依頼をしたはずの畠山民部、大友近江守、畠山下総守の三人の高家からの報告書は、やっぱり一向にやってこない。

「どうしてこう、同じ饗応役でもここまで違うかの……」

吉良上野介は、文机に積んである別の書状の束に目をやった。

それは、院使饗応役を務める伊達左京亮宗春と、指南役である品川豊前守伊氏からの報告書だった。

　こちらの報告はちゃんと約束どおり十日おきに律儀に送られてくるし、内容も簡潔明瞭、必要なことが手に取るようにわかり、読んでいて心地よさすら感じる。品川豊前守の報告書も、礼儀作法と儀式の所作の稽古がどの日のどの行事の部分まで進んだのか、どの点に課題があって今後どう改善していくつもりなのか、といった進捗が一目瞭然だ。仕事に妥協を許さない吉良上野介の厳しい目で見ても、予定どおりで全く問題ないことがよくわかる。

「伊達家六十二万石と浅野家三十八万石の、格の違いか……」

　浅野家赤穂藩は五万石、伊達家伊予吉田藩は三万石であり、浅野家赤穂藩のほうが石高は上だ。しかしこの両藩はいずれも分家であって、あの伊達政宗を開祖にもつ仙台の伊達家のほうが本家はずっと有力で余裕がある。

　そのせいか、今回の饗応役の任命に際しても、広島の浅野本家は赤穂の浅野分家に対してずっと冷淡で、分家だけで勝手にやってくれという態度を取り続けていた。

　一方で仙台の伊達本家は、まだ年若い伊達左京亮に恥をかかせるわけにはいかないという親心もあってか、資金援助を惜しまないし、本家から支援のための家臣も大量に送り込まれているようだ。

「勅使饗応役と院使饗応役、せめて逆であったらよかった……」

吉良上野介には、桂昌院の従一位叙任という極秘任務のため、今年の饗応役は特に盛大に接待をして、勅使には何が何でも心証をよくして帰ってもらわねばならぬという、他人には言えない事情があった。

しかし、吉良上野介が資料を見る限り、今回の勅使饗応はどうも費用がかなり抑えられている印象があるのだ。そこが気がかりで仕方がないのだが、浅野家が送ってきた資料はその辺りが巧妙にはぐらかされていて、いくら眺めても一向に費用総額が見えてこない。

浅野殿は全然わかっていない。これはもう一度、ガツンと強く注意しなければならないようだな、と吉良上野介は筆を取って文机に向かい、前回と同じようにくどくどと苦情を述べる前書きをサラサラと澱みなく書き始めた。

すると、そこに小姓が入ってきて「吉良様、江戸の梶川頼照《よりてる》様より早飛脚が届きましてございます」と告げると、うやうやしく書面の包みを差し出した。

「梶川……？　御台所留守居番の梶川殿のことか？」

吉良上野介は怪訝な顔をして、一瞬だけ不愉快そうな表情を浮かべた。一介の旗本が、左近衛権少将である自分に直接個人的な手紙を送りつけるなど、普通なら到底あり得ない失礼な振る舞いだった。

「しかし、梶川殿に限って礼儀を知らぬということはあるまい。何か重大な話があったに違いない」と、上野介は実直な与惣兵衛の顔を思い出して気を取り直すと、与惣兵衛からの書状の封を切った。

書状にはまず、このような書面を送る非礼への丁重な詫びと、それでも送らずにはいられない深刻な状況であるという事情が、詳細にわかりやすく書き連ねられていた。やはりそうか、浅野家からの最初の書状を受け取った時から薄々感じていた私の不安は間違っていなかったか、と吉良上野介は腑に落ちる思いがした。

――浅野内匠頭様は真剣に頑張ってくださっております。高家の皆様方も決して役目を怠っているわけではございません。しかし、率直に言って準備作業はかなり滞っております。

それは、例年であれば常に饗応役の中心にあった、吉良上野介様という肝心な存在がいないためでございます。偉大な吉良上野介様の代役を務めねばならないという重圧の中で、誰もが戸惑い、苦しみながらやり方を模索しておられます。

そして、そのような苦しい状況下で、残念ながら江戸の雰囲気は正直あまり芳しくありません――

与惣兵衛の手紙には、そんな調子で切々と江戸の危機的状況が訴えられていた。吉良上野介は大きく息を一つ吐いた。

ふふ。そうか。そうであろうな。自分が不在で皆が困っているという与惣兵衛の説明に、吉良上野介は自尊心をくすぐられて、思わず頬がゆるんだ。そうか、浅野殿も高家衆も、困りながら彼らなりに頑張ってくれているのだなと想像し、しかめ面で議論している彼らの姿を想像すると、今まで溜め込んでいた怒りがスッと嘘のように消えていった。

――とはいえ、自らのお役目をきちんと果たしたいという思いは誰もがご一緒です。だから、吉良様がしっかりと方向性を示してさえくれれば、皆様は迷いなく準備に邁進できることでしょう。

実は自分はいま、以下の二点が大変気がかりでございます。

ですが、卑賤の身にすぎない自分ごときが、高貴なる皆様方に対して、そのような僭越な確認をするわけにはまいりません。ぜひ吉良様から、やんわりと皆様にご確認をいただけませんでしょうか――

与惣兵衛の手紙には、二つの懸念点が続いて記されていた。

一．浅野家の勅使饗応の総予算が昨年よりも抑えられているように思える。自分の見立てでは七百両程度ではないかと思われるが、浅野家から明確な説明がないので全くわからない。

二．儀式の所作と礼儀作法の稽古が順調に進んでいないように思える。院使饗応役の伊達様は、すでに三月十二日の将軍ご対面の際の儀式の手順まで完璧にこなしておられるが、浅野様はまだ、十一日の伝奏屋敷での勅使ご接待の手順ですら怪しい。自分は儀式については素人なので迂闊なことは言えないが、素人目に見ても、浅野様が教わっている手順にはいくつか誤りがあるように思える。

「梶川殿。やはり貴殿が江戸にいてくれてよかった」

吉良上野介は書面をじっくりと何度も読み返しながら、何回も満足げに頷いた。

ここしばらくの間、吉良上野介は孤独だった。桂昌院の従一位叙任の話は、まだ幕府で将軍と柳沢吉保と自分だけしか知らない極秘事項であり、家族にすら一切漏らしていない。百戦錬磨の公家たちとの神経をすり減らす心理戦について、吉良上野介は誰にも相談はできないし、愚痴をこぼすこともできないのだ。

さらに、その桂昌院の従一位叙任の鍵を握る三月の勅使饗応の準備でも、吉良上野介は孤立無援だった。

自分の真剣な思いは周囲に全く伝わらず、浅野内匠頭の書面の内容や、徹底的に自分を無視し続ける三人の高家の対応からは、どこか「現場にいないくせに、うるさく口出しをしてくるんじゃない」と自分を拒んでいるような空気が伝わってくる。

自分はただ、朝廷と幕府の間の架け橋としての自分の仕事を一生懸命にやっているだけだ。厳しい指摘も細かい確認も、全ては幕府のため、将軍様のためという一念でやっている。それなのに、そんな自分を見る目は誰もが冷淡で白けきっている。

いったい、自分は何のために頑張っているのだろう。人一倍固い信念に突き動かされて職務に臨んでいる吉良上野介ですら、つい自分を見失いそうになるほど、彼の心は疲れ果て冷えきっていた。

そんな時に思いがけずやってきた与惣兵衛からの突然の手紙は、吹雪の中で行き倒れになりかけた時に遠くに見えた橙色の民家の光のように、吉良上野介の心に暖かな勇気を与えた。彼は、自分の気持ちを噛みしめるように心の中でつぶやいた。

もともと自分は、この世の全ての人から、お前のやっていることは正しいと言ってほしいなんて思ってはいない。むしろ、自分が嫌われ役に徹することで幕府が繁栄してくれるのなら、それこそ本望だとすら思っている。でも、自分だって心が鉄石ではない一個の人間だ。多くはいらない。たった一人でいい。自分のやっていることを見て、それは素晴らしいことだ、間違ってないと思う、と言ってくれる人がいればいい。それさえあれば自分はこの先も、どんな困難が待ち受けていようが、いくらでも頑張っていける――。

そしてこの時、吉良上野介にとっての「たった一人」が、自分よりもはるかに格下の、梶川与惣兵衛という初老の目立たぬ、しかし実直な男だった。

ありがとう梶川殿。貴殿が江戸にいてくれる限り、私はまだ頑張れそうだ。そう思い気持ちを切り替えた吉良上野介は、今さっきまで自分が書いていた、浅野内匠頭宛の書状を改めて最初から冷静になって読み返してみた。そこで、怒りと落胆にまかせて感情のままに書き進めていた自分の文章が、いかに攻撃的で相手の事情を考えていなかったかにハッと気づいた。

これではダメだ。もし自分が浅野殿で、遠く離れた京からこんな書状が届いたら、心を改めるどころか反発して、真面目に取り組もうとしていた仕事ですら、もう手を抜いてしまおうかと気力が萎えてしまうに違いない。

梶川殿が言うとおり、浅野殿だって浅野殿なりに、自分の務めを果たそうと全力で頑張っているのだ。そうだ、あいつは律儀な男だったではないか。なぜそれを信じてやれなかったのか。

吉良上野介は途中まで書き進めていた手紙を握りしめると、自分がそれまで抱いていた負の感情を全部破り捨てるかのように、バリバリと乱雑に引き裂いて丸めて放り投げた。

そして、新しい紙を文机の上に広げると、ピンと背筋を伸ばしたいつもの姿勢でその前に座り、静かに手紙を書き進めていった。

十二．元禄十四年　一月二十六日（事件の一か月半前）

　嘘だろ……。当家の饗応役にかける予算をこっそり去年よりも少なくしてあることに、どうして吉良上野介の奴は気づきやがったんだ。

　浅野家の江戸家老、安井彦右衛門は、主君である浅野内匠頭の前に平伏しながら脂汗を垂らして生唾を飲み込んだ。恐ろしすぎて、とても目の前の主君の顔を直視できない。

　この時代、大名家はどこも財政難に苦しんでいた。江戸家老の安井彦右衛門も、借金まみれの浅野家の苦しい台所事情に日々頭を悩ませている。そんな中で幕府からいきなり降ってきたこの饗応役など、面倒で厄介なだけの無駄な仕事以外のなにものでもなかった。

　だから、去年かかった費用は九百両だという話を聞いた時、安井彦右衛門は独断でこっそりと予算を七百両に減らすことにした。もし高家の中に多少勘のいい者がいれば、なんとなく全体的に安っぽいのではないかというくらいのことは言われるかもしれない。だが、たかが二百両程度をケチったくらいでは、見た目はほとんど大差ない。

高家なんてのは、自分では何もできないくせに、大名から吸い上げた金で贅沢三昧の暮らしをしている蚤のような奴らだ。奴らに細かい金勘定などできるはずもないから、軽くごまかせば簡単に逃げきれるだろう。そんなふうに安井彦右衛門は高をくくっていたわけだが、その日、京にいる吉良上野介から浅野内匠頭のもとに届いた書状には、「目録に書かれている内容が非常に貧相で、自分の見る限りでは、この程度だと総額はせいぜい七百両程度であるように思える」と書かれていた。信じ難いことに、彼が組んだ予算の金額までズバリ言い当てられていたのである。

安井彦右衛門は浅野内匠頭から呼びつけられ、いきなり吉良上野介からの書状を見せられると、今回の饗応役の予算について質問を受けた。

吉良上野介からの予想外に鋭い指摘に、安井彦右衛門は思わず頭が真っ白になって、ああ、ううと意味不明なうめき声を上げて硬直するばかりだった。

しばらく固まったあと、顔を畳に擦りつけたまま、搾り出すような声で彦右衛門はぼそぼそと答えた。

「……吉良様の、ご指摘の、とおりにござりまする」

浅野内匠頭は険しい表情でボソリと尋ねた。

「七百両というのは少ない額なのか？」

「前回、当家が饗応役を務めた時は四百両でございましたゆえ、前回と比べれば倍近い額でございます」

「何を申しておるか。四百両というのは十七年前の話であろう。先般の改鋳で小判の値打ちが下がって、物価が倍になっているのだから当然じゃ。そんなものは何の参考にもならぬわ」

「は……そのとおりにございます」

「昨年の稲葉家は何両でやったのじゃ？」

「昨年は……九百両……であったと……伺っております」

「ほう。して、なぜ今年の当家は七百両でやっておる？」

家中では普段、親しみを増すために意識的に関西弁を使っている浅野内匠頭である。そんな彼が堅苦しい江戸言葉で家臣に話しかける時は、多数の家臣が一堂に会する公式行事の時くらいだ。

ひたすら頭を下げているので安井彦右衛門から浅野内匠頭の表情は全く見えないが、その堅苦しい江戸言葉だけでもう、浅野内匠頭がカンカンに怒っていることは明白だ。

「そ、それは……。最近は諸式の値上がりが激しく、この江戸屋敷も、当座の金子にすら事欠くような有様でして……」

「借りればよいではないか」

「しかし、先々のことを考えたら、無闇に借り入れを増やすのは避けるべきではないかと」

「それはそのとおりじゃ。しかし、借り入れを避けるのも時と場合による。今回はご公儀のお役目じゃぞ。あらゆることに吝嗇では、我が身を亡ぼすことになりかねん」

「は。仰せのとおりにござります」

「ここで多少の金を惜しむことで当家に悪評が立ち、あとあと、ご公儀のお情けを受けねばならぬような状況に陥った時、不利な扱いを受けたらどうするのじゃ」

「いえ……あの……」


そのまま、安井彦右衛門は何も言わなくなってしまった。

大きな事件もない泰平の世に、たまたま浅野家家老の家柄に生まれたというだけの理由で、安井彦右衛門は今まで特に苦労もせず安穏と生きてきた。だからこの男は、こういう窮地に慣れていない。何一つ質問に答えようとはせず、ただ身を亀のように固くして、この気まずい時間が早く終わってくれることだけを願い続けている。

そしてまた、浅野内匠頭も家臣のこのような態度に対して、大名としては異例なほどに甘かった。

しばらく重苦しい沈黙が続いたあと、浅野内匠頭のほうが先に口を開いた。

「……ま。ええわ」

吐き捨てるような浅野内匠頭の一言を聞いた瞬間、安井彦右衛門が思わず「はあ……」と情けない安堵のため息を洩らした。

浅野内匠頭はそのため息を聞いた瞬間、安井の野郎、これでもう大丈夫だとか安心してやがるな、と少しだけ不愉快になった。

だが、彼はそれを決して表情には出さない。大名が家臣の生き死にも自由に命じることができたこの時代、怒りの感情を無闇に家臣の前で表すと、それだけで家臣が大名の気持ちを勝手に慮って、責任を感じて何も釈明せずにあっさり自害してしまうことだってあった。だからこそ、家臣の前で一切の感情を表に出さないというのは、大名にとって何よりも基本となる態度なのだ。

浅野内匠頭は、半分諦めたような、穏やかな口調で安井彦右衛門に尋ねた。

「とにかく、七百両で進めとるんやな」

「はい」

「しかし今さら、吉良様に素直に『ご指摘のとおり、金がないもんでたしかに七百両で進めとりましたわ、えらいすんまへん』と言うのもなんかカッコ悪いわな」

「そうでございますな」

「ご公儀のお役目に対して、うちがケチって勝手に金を減らしたみたいな印象を与えるのはアカンわ」

「そうでございますな」

「何かちょうどいい言い訳、転がってないもんかな」

「そうですなあ」

安井彦右衛門はさっきから「そうですな」しか言わず、この調子では永遠にいい考えは出てきそうにない。

しかし浅野内匠頭は、部下が無能であればあるほど「かわいい奴よ」と、その出来の悪さまで長所として受け入れてしまうところがある。だからこの安井彦右衛門の態度にも、呆れはしても、それほど怒りは覚えなかった。

三十五歳になった今も子宝に恵まれていない彼にとって、浅野家の家臣は全て自分の子供のようなものなのだ。自分は彼らの保護者であり、保護者には子供たちを守る義務がある。今回のような家臣の不手際も、浅野内匠頭にしてみたら今こそ保護者の出番であると、むしろ張り切っている様子さえある。

そんな優しく頼りがいのある藩主だからこそ、浅野内匠頭は家臣たちから愛され、彼のためであれば死んでもいいと心酔する者が少なくない。家臣たちにそう思わせるだけの人間的魅力があったという点では、浅野内匠頭は名君といっていい。

ただし浅野内匠頭の優しさには、安井彦右衛門のような家柄だけで何もできない部下が、何のお咎めもなく江戸詰家老職を続けられてしまうという欠点もあった。

何しろ藩主がこんな調子で常に部下に甘いので、浅野家は細やかな配慮と緻密さが必要とされる幕府の堅苦しい仕事が、絶望的なまでに苦手だった。

逆に、数年前に本所の火消し大名を命じられた時の浅野家は、実に生き生きと大活躍をした。浅野内匠頭の陣頭指揮のもと、危険を顧みずに次々と燃え盛る建物に勇ましく飛び込んで消火活動をする家臣たちの姿に、江戸の庶民たちは喝采を送った。浅野家は火消し名人として瞬く間に有名になり、その後も何度も火消役の職を命じられ、幕府の期待にしっかりと応えた。

浅野内匠頭の求心力と家臣の団結の強さがいいほうに働けば、浅野家は江戸中の人気者になれるだけの実力を発揮する。しかし浅野内匠頭の甘さと家臣のゆるさが悪いほうに働けば、まるで別人の集団のようにギクシャクする。

今回の饗応役は、ことごとく悪いほうに働いていた。

可愛いが頼りない江戸詰家老は全く当てにせず、浅野内匠頭はしばらく一人で考え込んでいたが、ふと何かを思いついたように頭を上げると明るい声で言った。

「せや。老中の阿部《あべ》様がこないだ、『今後、ご公儀の執り行う諸式においては、華美を慎み無駄な出費を控え、何事も身の丈に合ったようにせよ』って言っておられたわな。ちょうどええ、これを言い訳に使わせてもらおか」

江戸幕府が開かれて百年、人々は平和を謳歌し文化は爛熟し、幕府の諸行事は年々派手になっている。結果として、これらの行事の費用を負担させられる大名たちは、どこも資金繰りに苦しむようになっていた。

そのような傾向に歯止めをかけるため、老中の阿部正武《まさたけ》は先般より、華美になりすぎた幕府の行事を見直して出費を抑えるよう通達を出していたのだ。

「吉良様には、老中のお達しに沿って倹約を旨とした次第でございます、って答えておけば、うちが勝手にケチったというふうにはならんやろ」

「なるほど。それはいいお考えにございますな」

安井彦右衛門がホッとした表情でそう言った。

「よし。それじゃ吉良様にはそう返事しとこか。でも、念には念を入れて、何かダメ押しをしときたいとこやな。たとえば誰かお偉いさんから、七百両でよろしいぞというお墨つきがもらえればもう安心なんや。誰でもええから、とにかくごっつい肩書持っとる誰かが、そうズバッと言ってくれたらホンマ心強いわ」

「そうでございますな」

「倹約の言いだしっぺの阿部様に直談判して、七百両でよしと言ってもらえれば一番確実なんやけどな。でもきっと『そんな細かいこといちいち老中に聞かんと、高家と相談して自分で決めや』と言われて終わりやろなぁ」

「そうでございますなぁ」

浅野内匠頭はそこで腕を組んで唸った。

「そうなると、話を持ちかけるなら江戸にいる高家の三人の誰かってことになるんやけど、畠山民部の爺さんはもう儂、顔合わせるのも嫌やわ。あのクソ爺、未だにうちの謝礼にグチグチ嫌味言ってくんねん。しつこいっちゅうねんや」

「殿も大変でございますなあ」

安井彦右衛門に同情されて、浅野内匠頭は「まあな」と答えるとニヤリといたずらっぽく笑った。

「大友近江守はまぁ、いっつも置き物みたいなもんやから、こっちが『七百両でええですかー？』聞いたら、『ええですよー』ってアッサリ答えてくれそうな気はするな」

「そうでございますな」

「ただアイツ、吉良様に完全に頭上がらへんねんな。吉良様と仲がいいから自分は高家肝煎になれたんだってこと、奴はちゃーんとわかっとう。だから吉良様に見捨てられたらお終いやって、そこは重々承知しとるんや。普段は置き物で何もせえへんくせに、そういうとこだけは変に賢かったりするねんな。だからアイツ、吉良様がダメ言うたら、あっさり手のひら返しするやろな」

「そうでございますなあ」

浅野内匠頭は、さっきからほとんど独り言のようにつぶやき続けている。話し相手の安井彦右衛門が何の案も出してこないので、自然とそういう形にならざるを得ない。

「となると、残るは畠山下総守か。まー、あいつはあいつで、チャラチャラと軽薄で何も考えとらん奴やけどな。まあ、爺さんばっかの高家の中じゃあいつだけは儂と年も近いし、相談するのは一番楽と言えば楽やな。あいつもアホやから、老中の名前出して『七百両でええですかー?』聞いたら、きっと何も考えんと『ええですよー』って言うやろな」

「そうでしょうなぁ」

「こっちだって、別に本気でケチって七百両にしたいわけやない。単に、高家に相談して『ええですよー』と言ってもらったでー、っつうお墨つきをもらうことが肝心なんやからな。ま、三人の中で一番ものが言いやすい畠山下総守にしれっと聞いて、しれっと言質取ったろか」

「そうですな、それがよろしゅうございます」

結局は一人で全部を決めてしまった浅野内匠頭は、最後に安井彦右衛門をじっと見て、噛んで含めるようにゆっくりと指示をだした。

「でもな。これで儂らが勝手に予算を七百両に減らした言い訳は立つけどな、相手はあの吉良様や」

「はあ」

「これから儂は吉良様に手紙の返事を書くわけやけど、そしたら十中八九、吉良様は『七百両じゃ足りん、今からでも九百両にせえ』って返事を送り返してくるはずや。せやから、今のうちに出入りの商人とこ行って、二百両を借りといてくれな。たとえ畠山下総守が七百両でええで言うても、所詮アイツは下っ端や。もし吉良様が九百両にせえと言ってくるなら、それは素直に従わなしゃーない。いつそうなってもすぐ対応できるように、今からその準備だけはしとくんや」

「そうですな。それでは二百両を借りておくようにいたします」

十三．元禄十四年　二月一日（事件の一か月半前）

緊張した面持ちで、浅野内匠頭は畠山下総守に予算額の説明をしていた。

「何しろこれは、老中の阿部正武様のご意向でありますゆえ、今年の饗応役は質実剛健を旨とし、必要なものは必要なもの、不要なものは不要なものと、きちんと見極めをしたうえで選び抜くべきであろうと考えた次第でござります」

説明の内容は昨日から何度も頭の中で読み上げて練習したので、一字一句に至るまで全て練習どおりだ。畠山下総守が質問をしてきた場合の答えも、あらゆる可能性を想定して何通りもの回答を頭の中に用意してある。

先ほどから行われている浅野内匠頭の説明では、昨年よりも予算を削るというケチくさい行為が、江戸幕府の永遠の繁栄に寄与するためには絶対不可欠な、とても崇高な素晴らしい行為とされている。だから将軍綱吉も「よくやった」と褒めてくれるに違いない、というのがその結論だ。

もちろん、本当にそんなに都合よく事が進むかどうかという保証など何もない。それでも浅野内匠頭は「絶対にそうなるんです」という確信をもって、渾身の目力を込めて力強くそう言いきらなければならない。それが説明というものだ。

「しかし、二百両とはいえ、昨年よりも少ないというのは……」

決断力のない畠山下総守が自信なさげにそう言うと、浅野内匠頭は「待ってました、その質問」とばかりに、昨晩から考え抜いていた回答を、よどみない声で返した。

「たしかに、ただただ前例どおりに、とにかく無難にお勤めを済ませたいというだけの後ろ向きな姿勢でこの金額だけを見れば、金額が減るのはよろしくないという感想にもなるでしょう。

　ですが、昨年の予算九百両も、そこまで深く考えて決められた額なのでしょうか。昨年よりも減らすのは見栄えがよくないから、とりあえず昨年と同じ額にしておこうなどと、何も考えずに決めていたのではありませぬか。

　そのような曖昧な決め方をやめ、今後はきちんと一つ一つ出費の理由を精査して、無駄な出費だけを削り、必要な出費だけを残せというのが、先頃示された老中のご意向でござりましょうぞ」

「まあ、たしかに阿部様が仰られているのはそのような事であるが……しかし……金額を減らすのは……」

　そうやって、優柔不断な畠山下総守が決断を下せずにグチグチと悩み続けるのも想定の範囲内だ。浅野内匠頭は用意していた殺し文句を畠山下総守に突きつけた。

「では、今年は昨年と同額でやるという旨については、下総守様からご老中様にご説明をいただけるということでよろしいですな。なぜなら、五万石の小大名にすぎぬ私ごときが、ご老中様に直接お伺いを立てるなど、無礼で畏れ多いことでございますゆえ」

浅野内匠頭からきっぱりとそう言いきられると、小心者で自分の意見を持たない畠山下総守は、目に見えてぶるぶると震えはじめた。すかさず浅野内匠頭はさらに揺さぶりをかける。

「何しろ下総守どのは、ご老中のご意向と異なることをわざわざ行おうというのでありますからな。それならば我々は事前にきちんと、ご老中ご自身に理由を説明して、ご了解を得ておく必要があるかと存じます」

この言葉を伝えた時の畠山下総守の真っ青な顔を見て、浅野内匠頭は心の中で「勝った」と快哉を叫んだ。

今年の予算は七百両に減らすのが老中のご意向だなどと熱弁しておきながら、実際のところ浅野内匠頭は、もし阿部老中に報告したら、おそらく老中もかなり逡巡するのではないかと踏んでいた。

これが幕府だけの内輪の行事であれば、阿部老中も質素倹約しろと答えるに決まっている。だが、饗応役は朝廷がからむ幕府の威信のかかった行事だ。ほかの行事のようにそう簡単に費用を削れとは言いにくい。

しかし、普段から何も考えていない畠山下総守はそこまで頭が回らない。浅野内匠頭の説明の中の「ご老中のご意向と異なることをわざわざ行う」という部分にすっかり怯えてしまって、それはよろしくないと軽率に判断を下してしまった。

「わかった。それでは七百両で進めることとしよう。ただ、もちろんこれは、吉良上野介殿にも書面でご了解を得るのであろうな。吉良殿が駄目だと返事を送ってくるようであれば、やはり例年どおりの額でやらねばならぬ」

「もちろんでございます。すでに五日前に、その旨を書面に記して京の吉良様の元に早飛脚で送っておりますゆえ、今日あたりにはもう吉良様の元に届いておる頃でありましょう」

「うむ。それならば問題はない」

まじめくさった表情を崩さぬまま、内心で浅野内匠頭はホッと一息をついた。浅野家が勝手に予算を減らして、七百両で準備を進めていたという失態は、めでたくこれで「高家の畠山下総守様もご了解のうえで進めていた話」に変わり、うまく誤魔化すことができた。

それにしても、うちの家臣もアホやけど、この畠山下総守もそれに輪をかけてアホやなぁ、チョロいチョロい。浅野内匠頭は、自分にはめられて、まんまと責任を負わされたことに気づいてすらいない畠山下総守がおかしくて仕方がなかった。

浅野内匠頭と畠山下総守がそんな話をしていたのと同日、京の吉良上野介は、浅野内匠頭が一月二十七日に発送した書状を飛脚から受け取っていた。

そこには「吉良様のご推察のとおり、予算七百両で準備を進めております。これは華美を慎み無駄な出費を控えよという老中阿部様のお達しに沿って、倹約を旨とした次第でございます」という回答が書かれている。吉良上野介は思わずカッとなって、吐き捨てるように言った。

「馬鹿か。幕府の内輪の行事と、朝廷相手の外向けの行事の区別もつかんのか、江戸の連中は。阿部老中は別に、何が何でも費用を削れと指示しているわけではない。それを馬鹿正直に言葉のとおりに受け取って、行事ごとの事情の違いも考えずにただ杓子定規に費用を節約して満足しているとは、何たる浅はかさか」

それでまた、吉良上野介は長々と書面に苦情を書きそうになった。だがその時、梶川与惣兵衛から以前に送られてきた書状のことが彼の頭をよぎった。

――浅野内匠頭様は真剣に頑張ってくださっております。高家の皆様方も決して役目を怠っているわけではございません。しかし、吉良上野介様という肝心な存在がいない今、その代役を務めねばならないという重圧の中で、誰もが戸惑い、苦しみながらやり方を模索しておられます。

そして、そのような苦しい状況下で、残念ながら江戸の雰囲気は正直あまり芳しくありません——

その書状の内容が、かろうじて吉良上野介の心に冷静さを取り戻させ、思わず感情的に筆を走らせてしまう寸前のところで彼を踏みとどまらせた。

そうであった。彼らも彼らなりに、私が不在の中で頑張っているのだ。

どいつもこいつも馬鹿ばかりで心底疲れるが、こんな馬鹿どもだからこそ、私がきちんと導いてやらねばならぬ。

何しろ今年は、桂昌院様の従一位への昇位がかかった、大事な饗応役なのだ。予算を七百両に減らすどころか、九百両でも全く足りない。少なくとも千両以上は使って豪華にもてなし、勅使には絶対にご満足して帰っていただかねばならない。

吉良上野介は前回と同様、まずは江戸で準備を進めている人々の苦労に思いを寄せ、各位の尽力に対する感謝とねぎらいの言葉を書いた。

それから幼い子供に言い含めるような調子で、たしかに老中のご意向はあるが、今回はそれには当てはまらないこと、昨年の額から減らすのは好ましくないことを伝え、むしろ昨年よりも豪華に、予算を増やして開催してほしいと記した。

なぜ費用を減らすどころか逆に増やさねばならないのかについては、吉良上野介は「禁裏と幕府の益々の友好のため」としか書かなかった。というより、そうとしか書きようがなかった。

桂昌院の従一位叙任の件は超極秘の活動のため、はっきりと理由を説明するわけにはいかなかったのだ。

吉良上野介からの書状を、浅野内匠頭が受け取ったのは二月五日のこと。饗応役が到着する三月十一日まで、残り一か月と六日。

その前日の二月四日には幕府から正式な辞令が出て、浅野内匠頭は江戸城で将軍から出された任命書を老中から受け取る儀式を行っていた。饗応役の準備も、いよいよ佳境だ。

さて、京の吉良上野介からの返事を読んだ浅野内匠頭は、思わずカッとなって、傍らに控える安井彦右衛門に向かって大声で言った。

「なんやこれ。昨年並みやなくて、昨年より増やせ言うてきとるでオッサン」

「なんと。しかし、我々の手元には九百両しかございませんぞ」

「せやな。昨年より減らすのはまぁアカンやろなと覚悟はしとったけど、まさか増やせ言うてくるとは思わんかったわ。アホちゃうか。ご老中のご意向とか、全然気にならへんのかなオッサン」

「不思議でございますなぁ」

もしこの場に梶川与惣兵衛がいたら、「いえ、吉良様にも何かお考えがあるのかもしれません。自分が聞いてみましょう」と、浅野内匠頭の熱くなった頭をいったん冷やしていたはずだ。だが、そんな与惣兵衛は浅野家の家臣たちにすっかり警戒されてしまっていて、最近は何度面会を申し入れても、あれこれ理由をつけて断られており、浅野内匠頭とは全く話ができていない。

「そうなんや、不思議なんや。昨年より金額を増やさなあかん理由も何一つ書いとらん。一応『禁裏と幕府の友好のため』とか、わけわからん理屈は書いてあるけどな。何やそれ、まったく理由になっとらんわ。

オッサン、どうせまた京で、朝廷や公家衆を相手にええ顔して調子のいいことベラベラ言いまくっとるんやろ。その手前、勅使饗応がショボかったら自分が恥かくから、去年より豪華にやれって儂に言うてきとるんや。まったく、他人の金やと思って好き勝手言いおって、ホンマ腹立つなぁ」

「そうですな。けしからんですな」

浅野内匠頭は、額に青筋を立ててじっと斜め下を見ている。

性格が合わない江戸の高家の三人にペコペコと頭を下げ、嫌味を言われながら礼儀作法や所作を習い、空いた時間は饗応役の準備作業。積み重なった心労に、最近の浅野内匠頭は厳しい表情を浮かべ硬直したように動かず、座ったまま空中の一点だけをじっと見つめているという時が増えた。

「まぁ、どうせそんなけったいな理由やろうから、こっちから気ぃ利かして、せいぜい九百両に二、三十両ばかり色つけてやればすんなり終わる話なんやろうけどな。せやかて、ごっつ腹立つわぁこれ。

ご公儀のお役目とはいえ、こっちにも意地ってもんがあんねん。せやから、儂らとしてはとりあえず、昨年並みの九百両は死守するで。それ以上の増額は何としても断る。

そもそも、こちらはあの、偉ーい高家様の畠山下総守様から、今年は七百両でええでというありがたーいお墨つきをいただいとるわけやからな。それを吉良様に言われて九百両に増やす、っちゅうだけでも、えらいことやで。そこはうちに文句言うんでなくて、高家様同士で事前に話を合わせといてもらわなアカンことやろ」

「そうですな。これは本来、高家同士で相談すべき話ですな」

かくして、浅野内匠頭は吉良上野介に宛てた定例の報告書に、饗応役の予算についての反論を書いた。

――今回の饗応役の予算について、昨年よりも増額せよとのご指示をいただいたが、私は畠山下総守様と相談のうえ、老中のご意向を踏まえて、昨年よりも少ない七百両にするという結論を出した。

これは畠山下総守様にもご了承いただいていることであり、それを私の一存で勝手に変えてしまっては、畠山下総守様の顔を潰してしまうことにもなりかねない。

吉良上野介様は同じ高家として、畠山下総守様とは日頃から綿密に打ち合わせをされているだろうから、この点も齟齬がないように、よくよくご相談をいただくようお願いしたい――

この手紙は、二月十日に京の吉良上野介の元に届けられた。

彼は、届いた手紙を一読して、みるみるうちに苦りきった表情になった。

浅野内匠頭め、やりおったな。老中の通達を楯に、どうせ何も考えていない畠山下総守を上手に言いくるめて、昨年よりも安い七百両で勅使饗応を行う方向でまんまと足元を固めてきたわ。

自分と畠山下総守の仲がそれほどいいわけではなく、自分が京に滞在している間、結局一回も報告の手紙がこなかったことも、おそらく浅野内匠頭は知っているのだろう。知ったうえであえて、さりげない嫌味を込めてこう書いてきているのだ。

だが、悔しいが浅野内匠頭の言い分のほうが、筋が通っている。

吉良上野介は、怒りに沸き立つ頭を必死に冷やしながら、まずは畠山下総守に対して、なぜ七百両の予算に了解を出したのかを詰問する書状を書いた。

——老中が出した倹約の指示は幕府の中の行事に対してのものであり、勅使饗応役は朝廷に対する体面もあるので、倹約の必要はないと自分は考える。むしろ最近の朝廷との関係を考えれば、千両以上に増額してしかるべきだ。ただちに増額の方向で浅野内匠頭と協議するように——

命令調で厳しく書いてしまうと、畠山下総守がへそを曲げて自分の足を引っ張る恐れもあった。しかし吉良上野介は怒りのあまり、とても冷静な文章を書ける精神状態ではなかったし、江戸にいる三人の高家のうち、畠山下総守だけは肝煎ではなく年齢も三十七歳と自分よりもかなり年下だったので、ある程度の厳しい叱責は許容範囲内だった。

それに吉良上野介は、四日後の二月十四日にはもう京を出発し、二月末には江戸に戻る。遠く離れた京にいる間に足を引っ張られてしまったら手の打ちようがないが、江戸に戻りさえすれば、畠山下総守ごときが何かを企んだところで、別にどうということはない。

その一方で、浅野内匠頭に対してはこう書いて送った。

——予算七百両で進めていただいているところ申し訳ないが、自分は昨年よりも倹約すべきではなく、むしろ予算は増やすべきと考えている。

ただし、もう四日後に自分は京を立ってしまい、書面でのやり取りはできなくなる。だから詳しくは江戸で直接会って話そう。それまでは畠山下総守とよく相談して進めてくれ――

早飛脚に二通の手紙を託したあと、吉良上野介は深く落胆のため息をついて文机にもたれかかった。

京へ来て一か月あまり、桂昌院の従一位叙任という一番の重要任務は順調に進み、ほぼ内定を勝ち得ていた。あとは勅使饗応で勅使を盛大にもてなして、最後に将軍から直々に「よろしく頼む」という一言をいただけば、それでこの件はあっさり成功するだろう。叙任の見返りとして幕府から朝廷に寄進する金銀や土地も、見る人が見れば目を丸くするほどに少ない額で済む予定だ。

たった一人でここまで話を進めるために、吉良上野介は還暦過ぎの老いた体と頭脳とを酷使して、公家衆との丁々発止の心理戦をずっと繰り広げてきた。それは彼にとって非常にやりがいのある最高の仕事だったが、その分消耗も激しかった。あと少しで京を出発する今になって、これまで気が張っていて全く気づかなかった疲労の蓄積がどっと噴き出してきた。

これから十五日の長旅を経て江戸に戻り、そしてその十一日後にはもう勅使が江戸に到着し、八日間にわたる気の抜けない勅使・院使饗応の儀式が始まる。果たしてこの激務に、六十一歳の自分は耐えられるのだろうか。

「儂は、この仕事が終わったら一年も経たずに死ぬかもしれぬな」

吉良上野介は独り言をつぶやき、そして自嘲気味に笑った。常に威儀を崩さず、めったなことでは弱気を見せないこの男としては、大変珍しいことだった。疲れきって綿のようになった頭の中に、この一か月で起きた怒濤のような出来事や関わった人々の顔が、とりとめもなく浮かんでは消えていく。

それにしても、ご公儀のお役目に対しては真面目すぎるほど律義な男だと思っていたが、たった二百両を惜しんでここまでする男だったとは……。

見損なったぞ、浅野内匠頭。

十四．元禄十四年　二月十一日（事件の一か月前）

浅野内匠頭が、痞の発作で倒れた。

その日、いつものように浅野内匠頭は饗応役の儀式の手順や所作の稽古を受けていた。そして、いつものように畠山民部の爺さんの粘っこい嫌がらせを受け、いつものように能面のような無表情で受け流していた。

しかし、その日はいつもより畠山民部の嫌がらせが少しばかりしつこく、そしていつもより若干、浅野内匠頭の機嫌も悪かった。

「お言葉ですが民部殿……」

畠山民部の暴言に耐えかねて、思わず何かを言い返そうとした浅野内匠頭は、次の瞬間に「うっ」とうめき声を上げて頭から畳に倒れ込んだ。両手で押さえた喉からはヒューヒューと喘息のような乾いた呼吸音が響き、顔は酸欠ですっかり土気色になっている。

思えばこの時、最後まで言葉を発することができずに倒れたのは、むしろ彼にとっては幸運だったのかもしれない。

もしここで心のままに言い返していたら、それを聞いて激怒した畠山民部からさらなる陰湿な嫌がらせを受けて、その後の浅野内匠頭はいっそうの窮地に陥っていたはずだ。


浅野内匠頭倒れるの報は、ただちに江戸城中を駆け巡った。

もちろん、大奥で饗応役の準備を進める梶川与惣兵衛の元にもすぐに情報は入った。だが浅野内匠頭の状態については、危篤であるとかそこまでではないとか、血を吐いたとか気を失ったとか、さまざまな情報が入り乱れてさっぱり真実がわからない。

与惣兵衛は一報を聞くや、ただちに仕事の目途をつけて浅野家屋敷に向かった。浅野内匠頭は与惣兵衛にとって、ともに仕事をする同志であると同時に尊敬する友人でもある。最近は屋敷への出入りを控えていたが、遠慮している場合ではない。

久しぶりの浅野家屋敷では、江戸詰家老の安井彦右衛門が、沈みきった暗い顔で与惣兵衛を出迎えた。

「浅野様のご容態はいかがでござるか」

「はい、倒れた直後は息苦しさで顔が土気色になっておられましたが、今は落ち着いて、床から半身を起こせるようになっております」

「そうですか。大事に至らなかったことは不幸中の幸い」

安井彦右衛門の周りには、足軽頭の原惣右衛門《はらそうえもん》や馬廻りの堀部安兵衛といった、浅野家を支える錚々たる面々が沈痛な面持ちでウロウロしていた。誰もが殿の容態を案じるあまり、その日の仕事などやっている場合ではないといった様子である。

それで、とにかく江戸家老の周りにいれば最新情報を聞き逃すことはないだろうと、終日こうして安井彦右衛門の周りで、仕事もほったらかして暗い顔でたむろしているらしい。

そこに、児小姓頭の片岡源五右衛門がやってきて言った。

「梶川頼照様、殿が梶川様のご来訪をお聞きになり、ぜひお会いしたいので寝所までお越しくださらないかとのことでございます」

恐縮しつつ与惣兵衛が浅野内匠頭の寝所に入ると、浅野内匠頭はいつもの人懐っこい笑顔でニカッと笑った。

「おお！　梶川殿。最近全然顔出してくれへんから、ずいぶん薄情になったもんやなーと思っとったわ」

そう軽口を飛ばす浅野内匠頭の表情は明るく、呼吸困難で倒れたというわりには、顔色もそこまで悪くはなかった。

　しかし、しばらくお会いできぬうちにずいぶんお瘦せになったなと与惣兵衛は思った。頬がやつれて、眉間の皺が稲妻のように深くえぐれている。

「饗応の日が近づくにつれ、大奥のほうの準備も大変慌ただしくなっておりまして、ご無沙汰してしまい誠に申し訳ございませぬ。ご尊顔を拝見したところ、お元気そうで安心いたしました」

「元気やないわ。こうしている今も頭ズキズキしとんねん。なあ梶川殿、お願いだから儂の代わりに饗応役やってくれへんかな」

　そう言って冗談を飛ばす浅野内匠頭の表情は明るかったが、たとえ冗談であっても、公儀のお勤めを代わって欲しいなどと浅野内匠頭が言うのは初めてだったので、与惣兵衛はとても不安になった。

「いえ、そのようなこと……。いずれにせよ、お体を労って、しばらくゆっくりとお休みくだされ」

「いや、そうもいかんやろ。勅使様が到着するまで、あと一か月しかないんやで。それなのに準備が全然進んどらんから、寝とるほうがむしろ心が休まらんわ」

「拙者がお手伝いできることがあれば、何なりとお申しつけくだされ。微力ながら手助けさせていただければと」

「はあ、ありがたいわ。うちの家臣たちも頑張っとるんやけど、やっぱり所詮は赤穂の田舎者やからな。幕府のしきたりや仕事の進め方も知らんから、なかなか手際が悪くてなぁ……。高家のアホどもに頼っても、猫の手ほどの役にも立たんしな。その点、梶川殿が手伝ってくれたらまさに百人力や」

「そんな。もったいないお言葉にございります」


それから浅野内匠頭は、浅野家の準備が思うように進んでいない部分をいくつか挙げて、どう進めてよいかわからずに家臣たちが苦労しているから、梶川殿から助言してやってくれと与惣兵衛に頼んだ。

与惣兵衛は平静を装い、黙って浅野内匠頭の説明を聞いていたが、こんなことすらまだ終わっていなかったのかと、あまりに酷い進捗状況に心の中では愕然としていた。

もう少し早い段階で自分が準備に関われていたら、多少の軌道修正もできただろう。少し前に予算のことをうるさく言いすぎて、浅野家の家臣たちに煙たがられて排除されてしまったことを、与惣兵衛は今になって悔やんだ。

だが、過ぎた時間と終わったことを後悔しても仕方がない。とにかく、今からでもやれることを全力でやるだけだ。

「せや。梶川殿が動きやすいように、うちの者に儂からも言っといてやるわ。おう源五！　皆の者をここに呼んで来てくれ」

浅野内匠頭は白い寝間着のままだったが、家臣たちが集まると布団を出て藩主の座につき、床几にもたれかかった。与惣兵衛は下座に下がろうと立ち上がったが、浅野内匠頭に呼び止められ、強引に隣に座らされた。

「皆の者、心配をかけたな。こんな格好ですまないが、見てのとおり儂は元気や。まだ多少頭は痛むねんけど、まぁどってこたぁない、心配せんでええ。

それよりも儂が気がかりなんは饗応役のお勤めや。これはご公儀から仰せつかった大事な役目やさかい、浅野家の誇りにかけて、きちんと最後までやり通さなあかんで。

でも、やり方がさっぱりわからんから、儂ら今までさんざん苦労してきたわなぁ。皆が苦しんどったのは儂もよう知っとるわ」

そこで浅野内匠頭は、ちぢこまって隣に座っている与惣兵衛のほうにちらりと顔を向け、家臣たちに彼を紹介した。

「せやから儂は今さっき、ここにおる梶川殿にお助けを頼んだとこや。梶川殿は十七年前の饗応役の時にも世話になったし、骨があって実に頼れる男やねんな。皆の者、梶川殿の言いつけをよく聞いて、何としても準備を間に合わせなあかんで。浅野家は火消しだけやない、こんなご公儀の堅苦しいお役目も立派にこなせるんやぞって、江戸中にその名を知らしめるんや。頼むでぇ」

「ははッ！」

部屋の中に集まった三十人ほどの江戸詰めの家臣たちが、野太い声で一斉に浅野内匠頭の言葉に力強く応えた。浅野内匠頭の言葉からは嘘偽りのない真心が真っすぐに伝わってきて、藩主直々に「頼む」と言われた家臣たちの中には、感激のあまり涙ぐむ者もいた。

その様子を見て、一番の感激を覚えていたのは梶川与惣兵衛である。

彼はそもそも大奥の担当者であって、浅野家の仕事と部分的に関わるところはあっても、直接の職務上の関係はない。それでも彼がしつこく浅野家に出入りしているのは、幕府にいるほかの誰もが浅野家を助けようとしないからであって、業務を離れた単なるお節介にすぎなかった。浅野内匠頭はそのお節介をちゃんと評価し、自分が仕事を進めやすいように、こうして家臣たちに呼びかけてくれたのだ。

私は、絶対に浅野家を見捨てない。そう誓う与惣兵衛の目尻から、一本の涙の筋が流れ落ちた。彼は誰にも聞こえないような小声で「光明遍照 十方世界 念仏衆生 摂取不捨」という観無量寿経の一節を口ずさんだ。

恥ずかしいのでほかの誰にも絶対に言わないが、実はずっと昔から与惣兵衛には、「私は人の世の阿弥陀になる」という心に秘めた青臭い誓いがある。

阿弥陀仏はどんな悪人であろうと、念仏を十遍唱える者は漏らさず救済して、死後に極楽浄土に連れていってくれるという。ならば自分は、生きている人間を漏らさず救済する「人の世の阿弥陀」になるのだ。

たかが七百石扶持の名もなき旗本にしては大それた望みだが、与惣兵衛はそんなことを大真面目に考えていた。

幕府という巨大組織の中で、外様大名たちは金のかかる様々な役目を命じられたり、大規模な普請に駆り出されたり、常に重い負担に苦しんでいた。一歩間違えば改易・取り潰しにもなりかねない重圧の中で、彼らは幕府内の複雑怪奇な組織の慣例や人間関係に巻き込まれ、翻弄され続けている。

与惣兵衛たち旗本の役目は、将軍の目や耳として大名たちの動静に抜かりなく目を配ることだ。少しでも怪しい動きを見つけたら直ちに幕府上層部に密告し、それが事実であれば旗本の手柄になる。

だが、与惣兵衛が秘かに目指していたのは、そんな旗本の責務とは正反対のことだった。彼は形だけは仕事としての監視役をやりながらも、阿弥陀仏のような慈愛に満ちた目で大名たちを静かに見つめている。そして、幕府に咎められそうな迂闊な振舞いをしている大名家の者を見つけたら、自分から飛び出していって頼まれてもいないお節介を焼き、大名が幕府から睨まれるような事態を未然に防ぐのだ。

旗本の多くは、気の利かない大名は勝手に没落しろ、粗相をしたら罰を受けるのは自己責任だという考えでいる。この考え方は一見すると明快で合理的なように見えるが、それでは、わけもわからぬままに運悪く問題を起こし、幕府から理不尽な処罰を受けた大名家の者たちが抱えた恨みや悲しみはいったいどこに行くのか。

その恨み悲しみは、幕府の上層部の目の前にはほとんど現れないが、決して消えることはない。ただ音もなく、社会の底のほうにじわじわと溜まっていくだけだ。それは知らぬ間に社会を蝕み、いつかきっと、幕府を根元から腐らせ、屋台骨を崩すことにつながる。

だから、人の世の阿弥陀たらんと救いの手をさしのべる自分のお節介は、決して無駄なことではない。これは目には見えないが、幕府の屋台骨を支えるための立派な仕事なのだ。

与惣兵衛が人知れず抱いているそんな青臭い思いを、理解する同僚はいない。不器用な浅野家を助けようなどと、自分から進んで厄介事を背負いに行くような酔狂な旗本は、幕府広しといえど与惣兵衛くらいなものだ。同僚たちの誰もが呆れたような目で、浅野家に入りびたる与惣兵衛を遠巻きに眺めていた。

しかし、危なっかしい感じで、右往左往しながらも懸命に準備を進めている浅野家を、与惣兵衛は放っておくことができなかった。ここで自分が救わなかったら、いったい誰が浅野家を救えるというのか。


その日から、与惣兵衛の浅野家通いが再開された。

浅野内匠頭の言葉に感激した浅野家の家臣は、今までの冷淡さが嘘のように、我先に与惣兵衛に対して協力を申し出、教えを乞いにやってきた。

そうなると浅野家の家臣たちは、もともと忠義一徹で気持ちのいい熱い男たちである。冷静沈着な足軽頭の原惣右衛門に頼み事をすれば、彼は着実に指示されたことをこなしてくれた。人望がありリーダーシップに優れた馬廻役の堀部安兵衛は、豪腕で人々をグイグイ引っ張って、人手の必要な大仕事をあっという間に片付けてくれる。とにかく主君の役に立ちたい、浅野内匠頭のためなら何だってやるという、実に献身的で素晴らしい家臣たちである。与惣兵衛は、個性豊かで我の強い彼らからの信頼を見事に勝ち取っている、浅野内匠頭という藩主の偉大さを改めて実感した。

少しだけ与惣兵衛が閉口したのは、浅野家の家風が素朴さと熱意を重んじるため、とにかく頑張れ、がむしゃらに取り組め、といって後先を考えずにすぐ無計画で走りだそうとすることだった。そのため無駄な作業が多く、重視する点もどこか感覚がずれていて、そんな些細なところにそんな手間暇かけるの？　と不可解に感じる部分があるかと思えば、ここは絶対に重要だろと思うところは全く気にしていなかったりもする。

でも、とにかくこうして浅野家の準備に再び関われるようになった。与惣兵衛はただ、そのことが嬉しかった。

与惣兵衛の仕事は大奥御台所つきの留守居番である。勅使饗応の際には大奥にもさまざまな出番があるので、与惣兵衛は本来、こんなところで他人のお節介を焼いている場合ではない。

それでも彼は自分の仕事をこなしつつ、何とか時間を工面しては浅野家の手伝いをした。体力的には厳しかったが、不思議な充実感があって、それほどつらさは感じなかった。


倒れた直後は、どす黒く死相が出ていた浅野内匠頭も、三日間ゆっくりと休養を取った結果、何とか普段どおりの生活が送れるまでに回復した。積もり積もった鬱憤が、いつの間にか浅野内匠頭の健全な精神と肉体を蝕んでいたようだ。

本番まで一か月近く時間があり、まだ軌道修正がきくこの時期に浅野内匠頭が倒れたのは、実は不幸中の幸いだったのかもしれない。

「さあ、やるで皆の衆。儂はもう大丈夫や。儂が倒れて遅れたぶんは、これから取り戻すんやで。皆頑張ってや！」

十五．元禄十四年　二月十六日（事件の一か月前）

その日、いつものように儀式の所作の稽古のために江戸城を訪ねた浅野内匠頭は、たまたま廊下ですれ違った梶川与惣兵衛とあいさつをしているところを、畠山下総守の陰気な声で呼び止められた。

「浅野殿、少しお時間よろしいか。おお、梶川殿もご一緒か。ちょうどよかった。できれば梶川殿も話を聞いていただけると助かる」

畠山下総守の声は弱々しく、ふさぎこんだ顔をしていて、事情を知らない与惣兵衛は嫌な予感しかしなかった。

浅野内匠頭は十一日に持病の痞の発作が出て三日間寝込んでいた。しかし今は回復して、以前のように江戸城にも登城するし、公務も通常どおりにこなしている。陰鬱な表情をした今日の畠山下総守のほうが、つい五日前に倒れたばかりの浅野内匠頭よりもよっぽど病人のように見えた。

「浅野殿、饗応役の予算のことなのだが……」

別室に移り、消え入るような声で畠山下総守がそう切りだした瞬間に、そっちにも吉良様から手紙がきよったんやなと、浅野内匠頭は全ての用件を察した。

前日、浅野内匠頭は吉良上野介が京から送ってきた手紙を受け取っていた。吉良上野介はこの手紙を飛脚に託した三日後にはもう京を出発しているので、これが彼の送ってくる最後の手紙だ。今頃吉良上野介は近江国を抜けて、鈴鹿の峠を越えているあたりだろうか。

「吉良殿が、饗応役の予算を増やせと言ってこられた」

「そうですな。拙者の元にも昨日、七百両では足りぬ、貴殿とよく相談のうえ、もっと額を増やすべしという吉良様からの手紙が届き申した」

「おお。浅野殿の元にもか。しかしそんな急に言われても、すでに我々は準備を進めてしまっておるぞ」

「さようですなぁ」

吉良上野介からの手紙にビクビクと怯えきっている畠山下総守の姿を見て、浅野内匠頭は内心噴きだしそうになった。畠山下総守はいったい、どれだけこっぴどく吉良上野介に手紙で叱られたというのだろうか。別に、その日のうちに切腹しろと手紙で命令されたわけでもあるまい。

「浅野殿。吉良殿がこう言っている以上、七百両という最初の話はなしじゃ。増額せねばなるまい」

「しかし、ただやみくもに額を増やせと仰られましてもなぁ。どこにお金を追加して、いったい何と何を変えればいいのか、拙者には皆目見当がつきませぬ」

「そんなもの、料理や調度品を以前より豪華にするということに決まっておろう」

「いや、単に豪華にすると言われましても、なかなか難しいものでございましてな。たとえば、料理を今よりも豪華にせよと言われましても、料理の品数を増やせばいいのか、料理の中に入れる鯛や海老を大きくすればいいのか。

やり方はいろいろとございますが、その中から、どのやり方だと勅使様が一番お喜びになるか、よくよく考えて決めなければなりませぬが、公家衆のお好みになることは、田舎侍の拙者には皆目見当がつきませせぬ」

平然とそう言い放つ浅野内匠頭の顔を見ながら、畠山下総守は顔面蒼白になって「あうあう」と言葉にならないうめき声を上げた。本来なら、ここは儀式の専門家である高家が率先して指示を出さねばならないところだが、畠山下総守はそれをやれるだけの知識も経験も持ち合わせていない。

浅野内匠頭は内心「この役立たずが」と毒づきながら、思考停止してしまった畠山下総守に助け舟を出してやった。このまま待っていても、畠山下総守はあうあうと永遠にうめき続けるだけだろう。

「とりあえず、昨年は九百両であったわけですから、今からでも間に合う部分は昨年並みに揃えることとしましょう」

「いや、それではたりぬのじゃ浅野殿」

「なんですと？」

「吉良殿からは千両以上に増やせと言ってきておる」

それを聞いて、それまで畠山下総守の反応を余裕たっぷりに観察していた浅野内匠頭の顔が、急に険しくなった。

自分のところにも吉良上野介からの手紙が来ているから、彼は七百両が拒絶されたことも知っているし、吉良上野介がむしろ昨年よりも金額を増やすべきだと言ってい
ることも了解している。ただ、増やすといってもせいぜい昨年並みの九百両に二、三十両を足す程度のことだろうと浅野内匠頭は思っていた。

何しろ、昨年より予算を増やす理由が全く見当たらない。だから「物価も上がっているから昨年より多少色をつけてくれよ」という程度のおねだりだろうと彼は思っていたし、その程度のわがままなら、全力で抵抗はするけど最後は折れてやって、高家の顔を立ててやるのも仕方はないかと心の奥底では半分諦めをつけていた。

それが、畠山下総守には「千両以上」という指示が来ているのだという。

「しかし何でまた？　まさか千両以上とは……いくら何でも不可解でござる。到底納

得できませぬ」

「しかし、それが吉良殿のご指示だ」

「ご指示とはいえ、そのご指示の理由が知りたいのです」

「ご指示はご指示じゃ」

「それでは何もわかりませぬ。吉良様の書状には、何か理由は書かれておらぬのですか」

浅野内匠頭は、自分の声が自然と荒々しくなってしまうのを必死で抑えた。

指示だから従う、指示だから何も考えずやる。そうやって理由も背景も考えず、ただ命令にホイホイ従うだけだったから、お前は上様の怒りを買って小姓をクビになり、泣きついて高家に戻してもらうはめになったんだ。そんなことを考えているうちに胸が苦しくなってきた。

「それが、よくわからぬのじゃ。吉良殿の手紙にはただ、最近の朝廷との関係を考えれば、千両以上に増額してしかるべきだとしか書かれておらぬ」

「最近の朝廷との関係？　ご公儀と朝廷の間に、何か問題でも起こっているのでござるか？」

「いや、そのようなことは聞いておらぬ」

それを聞いて、浅野内匠頭はへなへなと脱力する思いがした。家柄の高さを鼻にかけ、人格的に問題のある人間も多い高家の中で唯一、吉良上野介だけは決して私利私欲のための行動はしない人だと彼は信じていた。しかし、今回のこの不可解な予算増額指示は、どうみても吉良上野介の身勝手から出ているものとしか思えない。

「では、その指示は吉良様の独断でござろう。たしかに拙者は、ご公儀より勅使饗応役を仰せつかり、全身全霊をもってお勤めを果たそうと考えておる。ご公儀のためとあらば金に糸目はつけぬ。だが、それはあくまでご公儀のため。吉良様の独断につき合わされて、本来不要な費用まで我々に負担させられるのは、到底承服いたしかねますぞ」

「しかし吉良殿がそう言うのであれば、おそらく何か理由があるのでありましょうぞ」

「そうは言っても、もう吉良様は京を発ってしまっていて、今さら書状で真意を確認することはできませぬ。吉良様が江戸に到着する二月二十九日まで待っていたら、もう残り十日ほどしかないゆえ、そのあとで準備しても、もう間に合いませぬ。こうなったら、江戸にいる高家の皆様の責任でご判断いただくしかありませぬな」

「うぐ……」

「今回のご指示は吉良様の独断ということで、昨年並みの九百両で進めてよろしいですな？」

するとㅤ畠山下総守は、溺れる者が必死で周囲を見回して、たまたま摑めるものを見つけた時のような顔をして叫んだ。

「そうじゃ！　畠山民部殿と大友近江守殿のご意見もお伺いせねば！　そういえば今日、お二方はいかがなされたか？」

だが、その問いに、部屋の隅に控えていた小姓が冷静に事実だけを伝えた。

「畠山民部様、大友近江守様とも、昨日より風邪をお召しになり、しばらく登城を控えたいとのことです」

「なんと？　勅使様のお越しまであとひと月をきったというのに風邪とな？　そんなことを言っておられる場合か。至急の重要なご相談ありと伝えて、何としても登城されるようお伝えせよ」

「しかし、お二方とももうご隠居されてもおかしくないようなお歳ですし、さすがに、病を押して登城しろと言うのはお断りされてしまうのでは……」

「ええい！　何という無責任な！　もうよい！　それでは手紙を書くのでそれを届けよ。ご両名には、今日中に返事を書いてもらうよう強くお願いをするのじゃ。返事をもらうまでは帰ってくるでないぞ！」

まぁ当然そうなるわな、と浅野内匠頭は冷めきった目で、畠山下総守の狼狽した顔を眺めていた。彼は浅野内匠頭から予算七百両の相談を受けた時、責任者気取りで誰にも断りを入れず、自分一人で勝手に了承していた。そんな人間がここにきて、今さらのようにほかの二人に意見を求めたところで、逃げられるに決まっている。きっとこれは、いくら催促したところで数日は返事がこないだろう。

　今回の饗応役においては、畠山下総守も貧乏くじを引かされた一人で、浅野内匠頭の指導を担当する四人の高家のうち、彼だけが三十代でずっと若かった。吉良上野介とほかの二人は六十代で、しかも自分より格上の高家肝煎の職についているから、どうしても頭が上がらない。

　とはいえ、院使饗応役の指導を担当している品川豊前守は彼よりも年下だが、吉良上野介から叱られたという話も聞かず、そつなく準備を進めている。その点からも、やはり畠山下総守の仕事の進め方がまずいことには間違いない。

「……で。いかがしますかな、畠山殿」

　しばらくの間、三人の男たちが向かい合って座ったまま石像のように微動だにせず、一言も発せずに沈黙し続けるという、不思議な空間が発生した。気まずさに耐えきれずに最初に言葉を発した者が負けだった。それがわかっているから浅野内匠頭も畠山下総守も、絶対に何も言わない。

　耐えきれなくなって負けたのは、隣に座っていた与惣兵衛だった。

「あの……。これは、吉良上野介様の真意が見えないのが問題なのですよね？」

浅野内匠頭が苛立たしげに答えた。

「そうじゃな。いつもそうじゃが、吉良様のご指示は曖昧すぎるのじゃ。手紙には千両以上にせよとしか書かれていないし、なぜ予算を増やすのかの理由もろくに書かれていない。だいたい、千両以上にせよと言われても、具体的にどの品をどう豪華なものに変えるのかも一切わからぬ。それならば、判断を全てこちらに任せてくれて、あとで文句を言わないのならいいのだが、吉良様の性格では絶対にそうではなかろう。

今までの様子からすると、吉良様は一つ一つ細かいところまで、自分の思いどおりになっていなければ絶対にご納得されないお方じゃ。我々の独断で進めたら、江戸に戻られたあとでまた叱られるかもしれぬ」

浅野内匠頭はしかめ面を浮かべて腕を組んだ。畠山下総守もむっつりと口を固く結んで、下を向いたまま何も言わない。

与惣兵衛は、おずおずと遠慮がちな声で言った。

「それでは、拙者がこれから吉良様のところまで行って、真意を確かめてまいりましょう」

突拍子もない与惣兵衛の提案に、浅野内匠頭も畠山下総守も揃って「は？」と目を丸くした。

吉良様のところまで行くといっても、交通手段は徒歩である。会えるまでにいったい何日かかるというのか。それに吉良上野介はいま東海道を江戸に向かって旅している途中で、現在どの辺りを歩いているのかもわからないのだ。

「吉良様が京を発たれたのは三日前、今は近江国を抜けて伊勢国に入ったあたりでございましょう。拙者が今から江戸を発って、急いで東海道を上れば、四日後か五日後、遠州のあたりで落ち合えるはずです」

「しかし、気づかずにすれ違ってしまうかもしれぬぞ」

「それは大丈夫でしょう。吉良様のご一行は、槍持ちも連れた二十人程度。大名行列ほどは目立ちませぬが、由緒ある足利二つ引きの紋を掲げておられますので非常に目につきます。

　宿場の本陣の者は、高貴な方のご通行には必ず目を配っているものでございますから、たとえお泊りでなくとも、宿場を通ったかどうかは絶対に把握しているはずです。拙者は遠州から三河の辺りに着きましたら、宿場を通るたびに人々に聞き込みをしていきますので、気づかずにすれ違ってしまうことはおそらくないかと」

　この予想外の与惣兵衛の申し出を聞いて、彼に抱きつかんばかりの勢いで恥も外聞もなく狂喜したのは畠山下総守だった。

「おお！　なんという妙案！　梶川殿！　恩に着るぞ！　それでは早速今日のうちにでも出発してくれ。頼んだぞ！」

　五十五歳になる与惣兵衛にとって、三十七歳の畠山下総守などは自分の子供と同年代の若造にすぎない。だが、それでも彼は高家という、自分とは比べものにならない重職にある人間である。そんな重々しい立場の人間が、こうも軽々しく格下の自分に頼りきってくることに与惣兵衛は閉口した。

いや、自分は貴方を助けたいのではない。このお役目に真剣に取り組んでおられる浅野内匠頭様を助けるためなのだ、と与惣兵衛は心の中で思った。

安堵の笑みを浮かべた畠山下総守とは対照的に、浅野内匠頭は心底申し訳なさそうな顔をしつつ与惣兵衛に尋ねた。

「梶川殿、貴殿のお申し出、誠にかたじけない。だが、貴殿にもお役目がござろう。仮に遠州で吉良様に落ち合えたとしても、往復で十日近くは江戸を留守にすることになるぞ。それで本当に大丈夫なのか？」

不安げな浅野内匠頭に、与惣兵衛は頼もしい声で力強く答えた。

「大丈夫でございます。拙者の役目などよりも勅使饗応役のほうが、よほど幕府にとっては一大事。それに、拙者の仕事はほかでも代わりが務まりますが、この使者の役は、吉良様と深い面識のある拙者でなければ決して務まらぬでしょう」

それでもまだ躊躇している様子の浅野内匠頭を促すように、与惣兵衛はさっさと実務の話に話題を切り替えた。

「それはそうと、出発すると決まったら、吉良様に何をお尋ねになるか、今すぐ整理していただかねばなりませぬ。

吉良様のご気性を考えると、こちらの手の内を全てつまびらかにご報告して、逐一ご指示をいただく形にしたほうが安全でございましょう。ですので、浅野家の皆様には、このたびの勅使饗応のために用意した調度品、料理、衣装、歌舞音曲、全てを一覧にして紙に書き出していただきたいのです」

「うむ。明日の朝までに必ず、家の者に用意させよう」

与惣兵衛は滔々と手順を説明した。何日か前から、選択肢の一つとして彼が頭の片隅でずっと考えていたことだ。

「拙者はその紙を吉良様にお届けし、問題のある部分に線を引いて、どのように変えるべきかを書き直していただくようにいたします。そういう形で具体的にご意向をいただいておけば、もう吉良様のご指示が曖昧で困ることもありますまい。

吉良様に書き直しをしていただきましたら、拙者はその手紙を、最寄りの宿場から飛脚に託して先にお返しします。拙者が持ち帰るよりも、そのほうが数日早いかと。

浅野様におかれましては、その手紙が届き次第ただちに、書かれた内容に沿って準備のやり直しをお願いいたします」

浅野内匠頭は、与惣兵衛の顔をのぞき込んでしみじみと言った。

「梶川殿……かたじけない。貴殿がいてくれて、本当によかった。心から恩に着る。この饗応役が終わったらぜひ一献、馳走させてくれ。吉良様へのお使い、よろしく頼みますぞ」

与惣兵衛はニコッと笑うと、朗らかな声で答えた。

「そんな、拙者ごときにもったいないお言葉にござります。絶対にこの勅使饗応役、つつがなく終わらせてみせましょうぞ！」

十六．元禄十四年　二月二十一日（事件まであと二十二日）

梶川与惣兵衛は、供回りを四人だけ連れて東海道を大急ぎで西に向かっていた。彼は、浅野家の家臣たちが昨日必死になって一晩で書き上げた、勅使饗応の準備内容の一覧表を託されている。

吉良上野介は二月十三日に京を出発して、十五日かけて江戸に向かっている。一方で、与惣兵衛が吉良上野介を迎えるために江戸を出発したのは二月十七日のこと。彼は健脚で旅慣れた若い家来を厳選して供とし、与惣兵衛自身は馬と駕籠を乗り継ぐことで、通常よりも倍近い速さで東海道を進み、できる限り早く吉良上野介との合流を目指す。計算では四日後の二月二十一日頃、遠江国のあたりで吉良上野介一行と落ち合えるはずだった。

与惣兵衛は体の頑健さだけが取り柄で、自分の体力にはまだ自信があったが、彼も五十五歳、もう隠居してもおかしくない年齢である。

それに現在の暦でいえば三月中旬とはいえ、まだときどきは寒の戻りがあり、日によって気まぐれに寒さと暖かさが入れ替わる時期だ。老齢の彼にはつらい旅だったが、それでも尊敬する浅野内匠頭と吉良上野介の二人の顔を思い浮かべると、気持ちだけが焦って、ゆっくり休憩する気にもなれない。

江戸を発って四日目、駿河国を抜けて遠江国に入り、掛川宿に着いた辺りから、与惣兵衛はそれまでの急ぎ足を止め、慎重に進むように切り替えた。

彼は宿場町ごとに本陣に立ち寄っては、吉良上野介の一行が通ったか、あるいはこれから通るという予定の連絡が来ていないかを聞き込みしながら進んでいった。武家の一行とすれ違う時は、装束に付けられた家紋が吉良家の足利二つ引きの紋でないかどうかを毎回確認した。

すると浜名湖の手前、浜松宿に六件ある本陣のうちの一軒で、今朝ほど吉良家の家臣を名乗る者がやってきたという話を聞くことができた。家臣は本隊よりも馬で先行し、その日に泊まる宿を確保する露払いの役で、この本陣を予約すると本隊を迎え入れるべく元の道を戻っていったらしい。ということは、この本陣で待っていれば、夕方ごろには吉良上野介と会えるはずだ。

夕刻、果たして吉良家の一行が、浜松宿の本陣にやってきた。

与惣兵衛が迎え入れると、駕籠から顔を出した吉良上野介は、「おお！　なぜ梶川殿がこんなところに？」と最初は仰天した顔をしたあと、安堵したような優しい笑顔を浮かべた。

吉良上野介一行が玄関で足を洗い、部屋に上がってひと休みしたところで、与惣兵衛は浅野家から預かった分厚い紙の束を取り出し、これまでの経緯を丁寧に説明した。

吉良上野介は絶句した。

「なんと。そこまで何も決められず、儂からの細かな指図がなければ何もできないとは……」

その言葉を聞いて与惣兵衛は心の奥底で、それにはあなた様にも一部の責任がありますよ、と思ったが当然口には出さない。

吉良上野介が例年のような完璧主義を諦め、自分は江戸にいないのだからと、全てを江戸の三人の高家に任せて一切口出しをしなければ、三人の無能な高家たちも無能なりに自分で考えて、それなりには自主的に動いていたはずだ。そうしていれば、わざわざ吉良上野介の意見を聞きに浜松まで旅をする必要もなかった。

有能な吉良上野介が万事にうるさく口出ししすぎるせいで、誰も自分の頭で考えなくなっていることに、たぶん当の本人は永遠に気がつくことはないだろう。

吉良上野介は、与惣兵衛が持参した紙束を開いて中の文字に素早く目を光らせた。

ここに書かれているのが浅野家の用意した全ての準備品です、と与惣兵衛が説明する。そして、内容を確認して、直すべきところがあればこの手紙に直接書き込んでもらい、それを明日の飛脚に託して江戸に送り返したいのです、と伝えた。

短い説明で全てを理解した吉良上野介は、無言で筆を取るとまず一か所に力強く縦線を引き、その横にサラサラと何かを書いた。それが終わるとまた一か所、また一か所……何か所も直しているので、なかなか先に進まない。

その様子を見て心配になってきた与惣兵衛が、恐る恐る吉良上野介に声をかけた。

「あの、吉良様、ずいぶんとたくさんお直しになられるのですね」

吉良上野介は、与惣兵衛を一瞥することすらなく、ひたすら分厚い手紙に目を通しては、迷いなく次々と添削を加えていく。

「いや、これでもかなり手加減しておるよ。まったく、梶川殿のおかげで今回やっと、浅野殿がどんな準備をしていたのか、全てを理解できましたぞ。十二月の最初の頃からこれを京に送っていてくだされば、今まで何度も不毛な手紙のやり取りをせずに済んだというのに」

自分の苦労が吉良上野介に評価されはしたが、与惣兵衛に全く喜びはなかった。墨で真っ黒に添削されたこの手紙を受け取った浅野内匠頭が、ウンザリした顔で愚痴を言い散らす姿がありありと目に浮かぶ。

「吉良様、しかし今日は二十一日ですぞ。ここから飛脚に手紙を届けさせても、浅野様がそれを受け取られるのは二十三日頃でございましょう。勅使のご到着まであと二十日もございませぬ。何事も完璧をお望みになる吉良様のお気持ちは重々承知しておりますが、あまりにも直す箇所が多すぎても、直すのが間に合わない恐れがございましょう」

思わず口を挟んだ与惣兵衛を、吉良上野介はギラリとした目で睨みつけ、詰問口調で問い詰めた。

「梶川殿、それでは拙者に、勅使様の饗応について手を抜けと申されるのか」

与惣兵衛の全身の毛穴が一瞬で引き締まり、寒くもないのに鳥肌が立った。慌てて発言の意図について弁明する。

「いいえ、手抜きなどとは滅相もございません。手を抜くのではなく、現在できることの中での最善を尽くすのでございます」

「しかし、そもそも最初から浅野殿がこのようにしっかり報告をくれていれば、今になって焦る必要などなかったのですぞ」

苛立たしげな様子で不満をあらわにする吉良上野介を前にして、与惣兵衛はまず「ふう」と大きな息を吐いて下腹に力を込めると、低く力強い声でゆっくりと言った。

「吉良様、お怒りになられる気持ちはよくわかります。しかし残された日もわずかとなったこの段階では、過ぎたことをあれこれ言うのではなく、残された時間でこれから何ができるか、何をするかが一番大事ではございませぬか。今さらもう、現実的にできないことをやれと命じても、より浅野殿が混乱されて、また余計な時間と手間を費やすだけでございましょう」

下級旗本にすぎない与惣兵衛が、高家肝煎の吉良上野介に対してこれほどはっきりと意見を言うことは、通常まずありえない。

だが、わざわざ浜松くんだりまで吉良上野介を追いかけて手紙を届けただけに、与惣兵衛も必死だった。浅野内匠頭と吉良上野介の仲を取り持ち、勅使饗応役の役目をつつがなく果たしたいという一念が、ここまで与惣兵衛を突き動かしてきた。それなのにまた、こんなところで二人に不和になられてたまるかという強い思いが彼にはあった。

その熱意は与惣兵衛の物腰と口調に自然と力強さを与え、言葉にはならぬ圧力となって吉良上野介に翻意を迫った。吉良上野介にも、与惣兵衛のひたむきな想いを感じ取れるだけの聡明さがあった。

彼自身、自らの仕事に対しては真面目すぎるほど一途な人間だったから、饗応役を無事にやり遂げたいという与惣兵衛の必死の一念は、自分の日頃の信念にも通じるところがあったのだろう。

下級旗本風情が生意気な、とその場で無礼討ちされてもおかしくない状況だったが、吉良上野介は与惣兵衛の真剣な目をしばらくじっと見つめると、不思議なほど素直に、与惣兵衛の言葉に耳を傾けた。

「そうか……。たしかに、今さらできもせぬことを求めても詮なきことよの。本当はいろいろと口をはさみたいところじゃが、目をつぶって最低限必要なことだけをやっていただくことにしよう」

それでも、吉良上野介の指示した修正箇所はかなりの数になった。与惣兵衛は内心、まさかこんなに細かく直されてしまうとはと愕然としたが、吉良上野介なりに全力で考えて減らした結果がこれだというのだから、もうこれ以上はっきりと文句は言えない。

最後の抵抗として、与惣兵衛は苦しげな声で言った。

「これは……きちんと見積りをしたわけではございませぬが、ここに書かれた修正を全て行うとしたら到底、千両では収まりませぬ。おそらく千百両、いや千二百両になる可能性も」

与惣兵衛としては、自分の苦渋の表情を見て、吉良上野介が自らの無謀を察してくれることを期待していた。だが吉良上野介は、当然だろうという口調で「うむ。そうじゃな」と答えただけだ。自分が指示した修正が無謀だなどとは露ほども思っていない。

たまらず与惣兵衛は、震える声で一言つけ加えた。

「あの……昨年の饗応役の予算は九百両でございました。ここ数年は、その程度の規模で行うのが饗応役の恒例となっております。それが今年いきなり千両以上とは、浅野様もさすがに戸惑うのではありませぬか」

戸惑うどころか、浅野内匠頭は顔を真っ赤にして激怒するに違いない。しかし、そう言ってしまうと浅野家の心証が悪くなってしまうので、与惣兵衛は穏やかな言い方に変えた。

それでも吉良上野介は揺るがなかった。彼は平然と答える。

「いや、今年の饗応役は例年よりも華々しく行うべきだというのは、上様のご意向でもあるのじゃ。それで必要だと思うものを足していったら、結果的にそれが千両を越えるかもしれないというだけのこと。これでも梶川殿のご助言を入れてかなり削ったつもりであるし、これ以上削ることはもう無理でござる」

「なんと。豪華にせよというのが上様のご意向なのでございますか」

「うむ。儂はそう理解しておる」

「しかし、上様はなぜそのようなことを。つい先頃、老中の阿部様より、諸事倹約せよとのお達しが出たばかりでありますのに」

「そこは朝廷と幕府との関係であるから、我々のあずかり知らぬ深いお考えがあってのことであろう。詮索は無用ですぞ、梶川殿」

どことなく不愉快そうな様子で吉良上野介が話を切り上げたので、与惣兵衛は釈然としない思いを抱きながらも、それ以上追及はできなかった。

そして、せめて少しでも浅野内匠頭の怒りを和らげるべく、吉良上野介が大量の添削を書き足した一覧表の紙束に、「ずいぶんと手直しが多く拙者も驚いておりますが、上様から、例年よりも華々しく行うべしとの内々のご意向がおありとのこと。くれぐれもご寛容に」と書いた自分の手紙をこっそりと忍ばせると、飛脚に託して江戸に送った。

これを見て、浅野内匠頭はいったいどのような反応を示すだろうか。

与惣兵衛は不安を禁じ得なかったが、下級旗本である彼の立場では、これ以上はどうしようもなかった。

十七．元禄十四年　三月一日（事件まであと十四日）

二月二十一日に浜松宿で吉良上野介と合流した梶川与惣兵衛は、用件が済むと早々に、再び通常の倍の速度で江戸に引き返した。彼は自分の仕事を同僚に任せて浜松まで来ているので、できるだけ早く江戸に戻りたかったのだ。添削を受けた目録は、すぐに飛脚に託して浅野家に届けさせたので、二月二十三日には一足先に浅野家に届いているはずだ。

吉良上野介は通常の速度で旅を続け、二月二十九日に江戸に到着の予定となっている。与惣兵衛が江戸に戻ったのは、それよりも四日早い二月二十五日で、翌二十六日には、旅の疲れを癒す間もなく江戸城に出仕。同僚に礼を言って、不在だった間に進められた仕事を確認して、仕事の遅れを全力で取り戻した。

身体は疲れている。しかし、もう三月に入ってしまう。とにかく時間がない。

勅使と院使はすでに二月十七日に京を出発している。彼らは街道沿いの町から歓待を受けながら、通常の旅よりもはるかにゆっくりとした歩みで東海道を東に向かっていた。江戸の到着予定は三月十一日だ。歓迎の準備作業ができる期間は、あと十日と少しを残すのみである。

与惣兵衛が江戸城の詰所で溜まった仕事を一心不乱に片付けていると、浅野家の江戸家老、安井彦右衛門がドカドカと慌てた様子で入ってきた。

「おお！　梶川殿、やっと江戸にお戻りになられたか！　我が殿が、急ぎ梶川殿とお話がしたいと仰っておる。今から少しだけ当家までご足労いただけないか？」

やっぱり来たか。来るよな、そりゃ。与惣兵衛は、浅野家のために江戸を八日間も不在にしたせいで、自分の仕事が溜まりに溜まっていた。浅野家を助けたいのはやまやまだが、正直言ってこれ以上支援するだけの余裕がない。

だから、先に飛脚で送り返しておいた一覧表を見て、吉良上野介の指示どおりに、浅野家のほうで黙って作業を進めてくれればいいなぁと与惣兵衛は願っていた。だが、多分そうもいかないだろうなぁと、薄々諦めてもいた。

「梶川殿……ありゃあ何じゃあ」

浅野家に到着して藩主の謁見の間に通された与惣兵衛の顔を見るなり、浅野内匠頭が不機嫌そうに言った。

久しぶりに見た浅野内匠頭は、元から深かった眉間の皺がさらにくっきりと濃くなり、頬がこけ顔色が土気色のようだった。

「計算させてみたら全部で千百五十両じゃ。なぜこんなにぎょうさん金を使わなアカンねや、今年……」

「お気持ちはお察しいたします。ですが、吉良上野介様にも、何か我々には言えぬ御事情があるのでございましょう」

「正直、千両までの出費は覚悟しとった。ごっつ腹は立つねんけど、もうつべこべ言うとる時間もあらへんし、この際、その程度で済むなら諦めるしかしゃーないなと最後は腹くくっとった。最初、こっちが四百両とか七百両とかアホなこと言って、それで無駄な時間を食ってもうたのは儂の落ち度でもあるしな」

そこでいきなり、浅野内匠頭は不機嫌そうに声を荒らげた。

「けどな。千百五十両とは何やねん。何度も言うが昨年九百やで？　その前の年だって同じくらいなもんや。なんで今年だけいきなりこんなアホみたいに金額増えとんねん。何かあるんか今年？　天子様に対して、ご公儀が何か大失態でもやらかしたんか？」

与惣兵衛は心底申し訳なさそうな顔を作り、慎重に言葉を選びながら答えた。

「いや、実は拙者もその点が不可思議でございまして、吉良様にお伺いしたのでございます。そうしましたら吉良様は『そこは朝廷と幕府との関係であり、我々のあずかり知らぬこと、詮索無用』と仰るばかりでして……。おそらく、他言できぬ秘密の何かが、朝廷と幕府との間で進められているのであろうかと存じます」

浅野内匠頭は、もたれかかっていた床几に拳をドンと叩きつけて怒鳴った。

「なんやそれ。アホか。そんなもん吉良様のでっちあげに決まっとるがな。上様から直々の密命を帯びとるって、そういうふうにしとけば誰も真偽は確かめられへんし、そんなん、吉良様の言いたい放題やないか。

どうせ、儂ら大名の金を使いまくって豪華に勅使様をもてなして、それで朝廷での自分の覚えをめでたくしようと思っとるんやろ。儂、高家の中でも唯一、吉良様だけはまだけっこう尊敬しとったのに、もういい加減、堪忍袋の緒が切れたわ」

「いえ、浅野様。そんな、頭からでっちあげと決めつけてしまうのは……吉良様は決してそのような方では」

与惣兵衛の必死の擁護も、もう浅野内匠頭の心には全く響かない。彼はふて腐れたような顔で言い返した。

「せやな。梶川殿は人間が真っすぐやから、そういうふうに吉良様のことも素直に信じられるんや。儂みたいに、九歳から藩主やるはめになって、人の心の汚い面ばっか見せられてきたような奴は、ものの見方がねじくれててアカンねや。

吉良様が口うるさいのも、きっと真面目な人なんやろなと最初は好意的に思とったけど、あそこまで口うるさいのはもう、真面目とは違うわ。あれは、目下の人間にわざと厳しく当たって、やること成すこと全てにケチをつけることで、自分の方が上だと相手の頭に刷り込もうという吉良様の戦法なんや」

「いや、それは考えすぎではございませぬか……」

「考えすぎやあらへん。今までの吉良様の行動を思い出してみ？　こっちが送った報告書には嫌味たっぷりに文句タラタラ。ほんで、こっちはこっちで江戸にいる畠山下総守とちゃんと相談したうえで、予算七百両で準備を進めとったのに、いきなり土壇場になって吉良様の鶴の一声で千百五十両やで。こんなん全部、『吉良上野介の了解を得ないで物事を進める奴は決して許さぬぞ』っつう睨みを利かせるための、吉良様の嫌らしい戦法やないか。こんなのにつき合ってられっかっちゅーねん。アホか」

　これはまずい。与惣兵衛の全身の毛穴がキュッと緊張し、一瞬だけ全身にひんやりした感覚が走る。

「浅野様。吉良様は責任感の塊のような方でございます。決してそのような、ご公儀の威光を笠に着て、大名の皆様に無理難題を吹っかけるような真似をなさるような方ではございません」

「いや梶川殿。アンタがそう信じたいのはわかるで。吉良様はいつも見た目はお優しくて仕事もキッチリしとるし、それにアンタ所詮は幕府側の人間やねんからな。

でも儂ら諸藩の人間から見たらな、幕府のやり方なんてホンマ悪どいもんなんや。吉良様かて、根は賢い人かもしらんけど、知らぬ間にそんな幕府のやり方に染まってしまっとるわけや。だったら結局は同じやで」

「いや、しかし……」

与惣兵衛は何とかして吉良上野介への誤解を解こうと、言葉を選んで説明しようとした。だが浅野内匠頭は、これまで積もり積もってきた鬱憤に加えて、吉良上野介が予算増額の理由を明らかにしないことで、完全に不信感に囚われてしまった。

彼はもう、吉良上野介が悪だくみをしているという前提で自分の頭の中を完全に固めてしまっていて、それ以外の視点が入り込む余地はない。

「梶川殿は、幕府の中でも儂らの気持ちを汲んでくれる珍しい御仁やから、儂らも信頼してこうやって話ができる。

そんな梶川殿が、何とかして儂が吉良様のことを悪く言わないように頑張ってくれとる、その気持ちは痛いほどわかるで。儂だって、できれば吉良様を信じたいんや。

でも、これはもうアカンで。儂の堪忍袋の緒も切れたわ。二十九日に吉良様が帰ってきたらガツンと言うわ。これはもう言わなアカン。ここまでコケにされて、黙って千百五十両に支払いを増やせるかいな。ホンマ、今までありがとな梶川殿」

「いや、浅野様。私は別にそんな、あの……」

もう、与惣兵衛にやれることは何もなかった。

予定どおり、二月二十九日に吉良上野介は江戸に戻った。

翌三月一日に、これまでの準備状況の報告と今後の打ち合わせのため、浅野内匠頭は吉良上野介の邸宅を訪ねた。

その打ち合わせに、梶川与惣兵衛が同席することを浅野内匠頭は嫌がった。だが、拙者にも浜松まで手紙を届けた責任があります、と意地でも退く気のない与惣兵衛の強硬な態度を見て、浅野内匠頭はしぶしぶ同席を了承した。

吉良上野介には、浜松で会った時よりも明らかに疲労の色が見て取れた。普段は元気で持病もないが、彼だって六十一歳。京から江戸までの旅はさすがに身体に堪えるようだ。

浅野内匠頭はまず、長旅の疲れを案じ、無事の帰着を祝う形式ばった挨拶の口上を述べた。続いて浅野内匠頭の代理として、江戸詰家老の安井彦右衛門が、吉良上野介が不在だった間の準備の進捗についての報告書を延々と棒読みで読み上げていく。

報告書の読み上げが一分ほど続いたところで、いきなり吉良上野介が不機嫌そうに安井彦右衛門の言葉を遮った。

「もうよい。今までの書状のやり取りで、それは全て存じておる」

そりゃないわ吉良様、と与惣兵衛は反射的に思った。

たしかに、安井彦右衛門の説明は退屈で全くの無駄だ。ただ書類を頭から順に全部読み上げているだけで、重要な点だけをかいつまんで説明するわけでもない。これなら紙を渡して読んでもらうほうがよっぽど早くて楽だと与惣兵衛も思った。

だがそれにしても、吉良上野介不在という厳しい状況の中で、浅野家は曲がりなりにも二か月間ずっと頑張ってきたのだ。多少説明が不器用でも、もう少し言い方に優しさがあってもいいのではないか。

与惣兵衛が恐る恐る浅野内匠頭の顔を見ると、案の定、彼はうつむいた姿勢のまま微動だにせず、眉を吊り上げ、ものすごい形相で畳の上をじっと見つめている。

彼は自分自身が責められてもたいして気にしないが、部下が他人から責められているのを見ると、途端に持ち前の面倒見のよさが発動して、自分のこと以上に怒り狂うという人間だった。それをよく知っている与惣兵衛はもう気が気ではない。

「儂が聞きたいのは、ここにおられる梶川殿がわざわざ浜松まで来られて、それで先に送り返した儂の書面がどうなったかじゃ。それ以外の報告はいらぬ。あの書面に書いたことに、その後貴家ではどう対応されたかだけを簡潔にお聞かせ願いたい」

吉良上野介が質問したのは、たいして難しくもないごく当たり前の内容だ。誰だってまずその点が気になって、真っ先に確認したいと思うようなことだろう。だが、そんな当たり前の質問にすら、安井彦右衛門は事前に回答を用意していなかったらしい。おたおたと脂汗をかきながら「それは、あの……」と言い淀んでいる。

たまりかねて、浅野内匠頭が自ら回答した。

「なにぶんにも時間がないゆえ、とりあえず全て、吉良様が書面にお書きになられたとおりに、手配を始めております」

「おお。それは何より。儂は、準備が間に合わないことだけを恐れておったのじゃ」

「その点はご心配なく。全て抜かりなく手配しております。ただ……」

浅野内匠頭の言葉に、吉良上野介がピクリと一瞬だけ表情を動かした。

「なにゆえ、今年はこのように例年になく豪華に勅使饗応をなさるのでございましょうか。ご指摘いただいた点を全て直すとなると、かかる費用は総額で千百五十両となりました。昨年が九百両だったとお伺いしているので、負担をする我々大名側としては、なぜ今年に限ってここまで額を上げなければならないのか、きちんとした理由をお聞かせいただかねば、到底承服いたしかねまする」

厳しい表情できっぱりとそう言いきった浅野内匠頭の顔を、吉良上野介はギロリと睨んだ。

「幕府と朝廷の関係を鑑みて、上様がそうご判断されたということじゃ。いらぬ詮索は無用じゃぞ、浅野殿」

「これは、畠山民部様など、ほかの高家の皆様もご承知されている話なのですか」

「彼らは知らぬ。私が側用人の柳沢様から直接聞いた話じゃ」

吉良上野介の口から出た柳沢吉保という名前に、浅野内匠頭の顔がわずかに歪む。

浅野内匠頭は、若くして江戸幕府を牛耳るこの男のことを、あまり好きではない。

いや、彼に近いごく一部の者を除けば、ほとんどの武士たちがこの柳沢吉保という男を嫌い、やっかみに近い屈折した感情を抱いていた。

好きではないといっても実は、浅野内匠頭は柳沢吉保を遠目で見たことがあるだけで、話をしたことは一度もない。ほかの大名や旗本たちも似たようなものだ。

実際に会って話をしてみれば、彼はとても人当たりのよい、和歌に通じた当代随一の教養人なのだが、浅野内匠頭をはじめとするほとんどの武士たちには、いつも将軍のすぐ隣にちょこんと座っているこの男の普段の人柄を知る機会など皆無に近い。

知っているのはただ、この男が将軍に次ぐ幕府の実質的な最高権力者で、その気になれば自分を生かすも殺すも自由にできる立場にいるということだけだ。

柳沢吉保は、最初は五百三十石扶持という微禄の身から、将軍綱吉の側用人として出世街道をひた走り、四十二歳の若さで幕府の頂点に登りつめた男である。

だが、浅野内匠頭をはじめとする多くの大名にとっては柳沢吉保など、たまたま運よく館林藩に生まれついて、たまたま館林藩主時代の徳川綱吉に気に入られ、たまたま綱吉が運よく将軍に就任したお陰で七万二千石もの大禄をせしめたという、ただ運がいいだけの小賢しい男という程度の認識だ。

そんな胡散臭い奴が、同格であるほかの二人の高家肝煎を差し置いて、吉良上野介だけに将軍綱吉の秘密のご意向を伝えたという。

そのご意向とやらのために、昨年は九百両で済んだ勅使饗応役が、今年はいきなり千百五十両に費用が増えるのだという。

ふざけるなよ——浅野内匠頭は迂闊にも、その想いをつい口に出してしまった。

「柳沢様と吉良様が交わされた、中身もよくわからぬ密議を理由に、我々外様大名にはまた、余計な金を払えと仰られるわけですな」

「なんですと？」

「本当にそれは上様のご意向なのですか、ということです」

与惣兵衛は全身の血がサッと引いて、自分の顔が真っ青になっていくのがわかった。吉良上野介も、浅野内匠頭のまさかの発言に顔面蒼白となっている。

「な、何を仰るか浅野殿。儂が、儂が嘘を申しておるとでも仰るのか……」

「そのとおりでござる。本当に上様のご意向であればもちろん、当家は喜んでこの出費を受け入れるが、そもそもそれが、上様のご意向かどうかが疑わしいということでござる」

「なっ、なんと！」

吉良上野介は思わず、右手をピクリとわずかに持ち上げた。

まずい！　与惣兵衛はとっさに腰を浮かせ、「ああっ！」と大声を上げると、無礼を承知で吉良上野介の前にバッと躍り出た。そして自分の背中で、吉良上野介の手元を浅野内匠頭の目線からとっさに覆い隠した。

江戸の世において、絶対の独裁権力者である将軍の一言は人の命よりも重い。将軍が発した何気ない言葉とその解釈次第で、多くの人間の命が軽々と奪われたり救われたりする。そんな重大な将軍のご意向を伝えたというのに、浅野内匠頭はそれが嘘ではないかと疑ったのだ。

命よりも名誉を重んじる武家にとって、これは耐え難い侮辱だった。

反射的に、怒りのあまり吉良上野介は自らの刀に手をかけようとした。それを見てしまったら、当時の武士の習慣として浅野内匠頭も抜刀して応戦せざるを得ない。

だからこそ、与惣兵衛は二人の間に割って入って、刀の柄に手をかけようとした吉良上野介の手元を、浅野内匠頭の視線の先から隠したのだった。

「失礼……蜂が紛れ込んで、吉良様の手を刺すような動きをしていたもので思わず……。でも蜂は飛び去ったようです」

与惣兵衛は青ざめた顔でしれっと嘘を言うと、恐縮したふうに肩をすくめて苦笑した。その笑顔はひきつっていて、白々しいことこのうえない。

浅野内匠頭も、吉良上野介が刀に手をかけようとしたことには当然気づいている。だが、強引に体を張って二人の争いを止めようとする与惣兵衛の捨て身の行動に、両者はハッと我に返り、お互いに素直に無礼を詫びた。二人とも、根は分別のある聡明な人間なのだ。

「……先ほどは、拙者が言いすぎました。上様のご意向というお話であれば、謹んで千百五十両にてご指示のとおりに準備を進めさせていただきます」

「いや、こちらこそ説明がたらず恐縮でござった。浅野殿が不審に思われるのも詮無きことでござる」

場が落ち着きを取り戻すと、とにかく早くこの話題を切り上げたいとばかりに、一同は細かい事務的な打ち合わせの話に入った。与惣兵衛が浜松から飛脚で届けた書状にやるべき準備は全て書かれていたが、それでも書面だけでは全てを説明しきれるものではなく、細かい部分でいくつか不明瞭な点がある。

その中でひとつ浅野内匠頭が気にしていたのは、勅使と院使が宿泊する伝奏屋敷の畳の交換の件だった。昨年は全て新品に交換していたので、浅野家では今年も交換すると書いて送ったが、吉良上野介はわざわざそれに線を引いて消していたのだ。

「例年よりも豪華に饗応せよとのご指示でありながら、畳に限って今年は新品に交換しなくてもよいとは、なにゆえでござろうか」

「伝奏屋敷の畳はつい二か月前に変えたばかりじゃ。い草の香りもまだ残っておるし、青々と美しいから特に交換は不要であろう」

「なるほど。それは助かります。何しろ伝奏屋敷はあの広さ。畳もかなりの枚数になりますからな。それに、殿上人が使われる畳の縁には繧繝縁《うんげんべり》を使わなければならないという取り決めがあるのだと、昨年の饗応役を務められた稲葉能登守殿にお伺いしております。

多くの公家衆がおられる京であれば、畳職人も繧繝縁を常日頃から在庫しておりましょうが、江戸にはそんな珍しい文様の畳の縁を普段から蓄えておる職人はおりませんからな。用意させるとなるとそれなりの日数を要するでしょうから、拙者は気にかけておったのです」

十八．元禄十四年　三月九日（事件まであと五日）

今年の饗応役は、例年よりも簡単に済むだろうと最初は思っていた。それがなぜ、こんなことになってしまったのだろうか。梶川与惣兵衛は、連日連夜の激務のせいで朦朧とする頭で、ぼんやりとこの三か月ばかりの出来事を思い返していた。

今年の準備が大混乱に陥った最大の原因は、吉良上野介が将軍の年賀の使者として京に滞在していて、準備期間のほとんどで不在だったことだ。

さらに、畠山民部が浅野家の謝礼にいちゃもんをつけたり、浅野家の家臣が予算をケチろうと姑息な手を使ってきたりという、うんざりするような出来事が続いた。もう少し江戸と京の連絡をきちんとしていれば、ここまで状況が悪化することはなかったのではないかという反省もある。

だが、今さらそれを悔いたところで仕方がない。

与惣兵衛は、下級旗本にすぎない自分が持つ限られた権限の中で、やれることは全てやり尽くしていた。普段はほとんど出世に興味はなかったが、もう少し強くものが言える地位がありさえすればという歯がゆさで、もっともっと偉くなりたいと今回だけは心の底から思った。

それ以外にも、今年の饗応役の準備は呪われたかのように問題が続発した。

二月の上旬には浅野内匠頭が、持病である痞の発作を起こして倒れてしまった。

三月に吉良上野介が京から戻ってきたが、彼は浅野内匠頭の儀式の所作を見るなりカンカンに激怒し、あれも違うこれも違う、全部覚え直しだと言いだした。

それまで浅野内匠頭は、畠山民部、大友近江守、畠山下総守の三人から三か月かけてみっちり儀式の所作を習い、頭で考えなくても体が勝手に動くくらいまで完璧に動作を覚え込んでいたのだが、それらのほとんどは無駄になった。

とにかく次から次へと揉め事だらけで、何ひとつ物事が真っすぐに進まない。

その後、幸いなことに浅野内匠頭は痞の発作を起こしてはいない。だが、漏れ聞くところによると心労と激務のため、発作の起こりかけのような症状はときどき出ているらしい。そのせいで眠りも浅いそうで、最近の浅野内匠頭の顔色と表情は、事情を知らぬ者が見たらぎょっとするほどの凄まじい凶相になってしまっている。

しかし、その苦労もあと少しで終わりだ。

泣いても笑っても、明後日の十一日には勅使と院使が竜ノ口堀通り角にある伝奏屋敷に入る。その日までにあらゆる準備を完了させるべく、この九日間、与惣兵衛も浅野家の面々も、家に帰らずに夜通しで準備作業を行う日も多かった。

何しろ、吉良上野介の鶴の一声で、饗応役の予算が千百五十両と正式に決まったのがつい三月一日のことなのだ。勅使と院使のご到着まで、残りたったの十日しかない。

それまで、急な変更の可能性も残されていたので手をつけたくてもつけられなかった作業が、堰を切ったように一気になだれ込んできた。先月まではどこかのんびりと現実感なくフワフワ進んでいた準備作業が、突然冷たい現実の塊となって、容赦なく目の前に押し寄せてくる。

とはいえ、やることが決まってしまえば、むしろ精神的には楽だ。何しろ、手を動かせば確実にそのぶんだけ仕事が進む。

与惣兵衛としては、焦っても焦っても一向に方針がはっきりせず、減っていく残りの日数をじりじりと眺めていたこの無力な三か月間のほうがよほどつらかった。それに与惣兵衛の身体は頑健で、泊まり込みでの連日の激務でも体はびくともしない。

やれやれ、明後日の勅使ご到着までには、何とか全てが間に合いそうだ。今夜は久しぶりに家に帰って眠れるだろうか。この時の与惣兵衛は、そんな呑気なことを考えていた。

もちろん、三月十一日の勅使・院使のご到着は、あくまでもこの儀式の始まりにすぎない。儀式は三月十八日の江戸ご出発までの八日間あって、この間は極度の緊張の連続であることには違いない。

だが、この手の行事というのは実際、始まってしまえば多少の間違いが起こっても、その場で微修正されながら何の問題もなく粛々と進んでいくものだ。

準備する側がもっとも疲労を感じるのは、儀式が始まる数日前である。いざ儀式が始まってしまえば気持ちも張り詰めているし、たいていは気がつけばあっという間に終わっているものなのだと、与惣兵衛は長年の経験で理解していた。


ところが、そんな与惣兵衛の安堵を吹き飛ばす大事件が起こった。

勅使到着のたった二日前、三月九日の昼頃のことだ。

江戸城の奥から、吉良上野介が憤怒の表情で肩を怒らせながら、どすどすと激しく床板を踏みしめて早足で歩いてくる。たしかこの日は朝から、高家肝煎の三人が老中たちに対して、勅使と院使饗応の準備状況についての直前の最終報告を行っていたはずだ。

たまたま廊下でその姿を見かけた与惣兵衛は、いつもどおりに吉良上野介に声をかけて挨拶しようとして、思わず躊躇した。

どんなことがあっても常に優雅な態度を崩さず、人前で激昂する場面など見せたことのない吉良上野介が、まるで不動明王のように怒りを露わにしている。彼は与惣兵衛の姿に気づくと、一直線に与惣兵衛の側に向かってきて、捨て鉢のような大声で不機嫌に言い放った。

「伝奏屋敷の畳の張替えじゃ！　今すぐ！　明後日までに！」

与惣兵衛は思わず間抜けな声を上げてしまった。

「は？　畳の張替え……ですか？」

「そうじゃ！　それがご老中のご意向じゃ！」

「しかし、そんなの間に合わ……」

「間に合わぬのは承知のうえ！　それでもやるのじゃ！」

吉良上野介はそのまま足を止めず、どすどすと廊下を歩いて行ってしまった。行き先は、浅野内匠頭がいつも所作の稽古に使っている控えの間だろうか。

これはとんでもないことになった！　与惣兵衛は急いであとを追ったが、早足の吉良上野介はもうずっと先を進んでしまっていて、姿は見当たらない。いつもの控えの間に行ったが、そこにもいなかった。

慌てて周囲の人たちに、吉良様と浅野様をお見かけしなかったかと聞いて回った。それで、二人が普段の控えの間から少し離れた部屋に籠って話し合いをしているらしいということを突き止めたが、与惣兵衛が大急ぎでそこに到着した時にはもう、二人が激しく口論する声が壁越しにはっきりと聞こえてきた。

「だから拙者はあの時、畳替えが必要ではないですかとお伺いしたのです！　その時に吉良様はたしかに、畳替えは不要と仰られたはずでしょう！」

「儂だって不要だと思っておる！　何しろ二か月前に換えたばかりで新品も同然じゃ」

「それではなぜ、今さら畳替えをせよなどと！　ご老中に照会すべきことであれば、前もって自分から聞き合わせたのに、それが今日になっていきなりそのようなことを仰られるとは、いったいどういうことですか」

「儂も、そんな自明のことを、わざわざご老中に照会する必要もないと思っておった。それなのに畠山民部の阿呆が、ご老中にいらぬ確認を取ったばかりに、交換せねばならぬことになってしまった。かくなるうえは、無理を承知でやるしかない！」

　吉良上野介の無茶な要求に、浅野内匠頭がふて腐れたような声で答えた。

「無理を承知？　無理でござろうよ！　すでに今日はこうして登城していて、今から明後日の朝のことを、いったいどうしたらよいというのですか！　あの時も言ったでございましょう、殿上人が使う畳の繧繝縁を普段から用意している畳職人など江戸にはおらぬと！」

「無理などと言っている場合ではない！　とにかく金を積んで、無理だろうが絶対にやり遂げるのじゃ！　あらゆることに吝嗇では、饗応役は務まらぬでござるぞ！」

「吝嗇とは何たる言い草よ！　そもそもこの不要な畳替えは、そちらの不手際でござろうが！　それなのに無理でもやれ、やらぬは吝嗇であるとは、いかに吉良様とはいえ聞き捨てなりませぬな！」

まずい！

次の瞬間、与惣兵衛は力強く床を蹴っていた。自分の意識の中では、そのまま部屋の木戸をサッと引き開けて中に飛び込み、片膝をついた姿勢で「火急の用件にて失礼つかまつる！」と大声で呼ばわって、二人の口論に強引に水を差すつもりだった。

しかし実際には、意識に体が全くついていっていない。戸板はガタガタと滑りが悪く半開きで止まってしまい、そこに一歩遅れて与惣兵衛の体が飛び込んできたものだから、体を叩きつけられた戸板が衝撃で外れ、バタンと大きな音を立てて与惣兵衛とともに室内に倒れ込んだ。

痛たたた……したたかに打ちつけた肩と腰の痛みをこらえながら、与惣兵衛はゆっくりと頭を上げた。

視線の先には、突然の闖入者に驚いた吉良上野介と浅野内匠頭が、呆然とした表情でこちらを見ながら硬直していた。二人とも膝立ちの姿勢で右手をわずかに上げ、左手を刀の鞘に添えていた。

「火急の用件……にて、失礼つか……まつる……」

そう言って与惣兵衛は、ばつが悪そうな苦笑を浮かべた。

吉良上野介と浅野内匠頭も気まずそうな表情を浮かべ、抜刀の態勢を取りかけていた両手を何事もなかったかのようにさりげなく元に戻し、膝立ちの姿勢を解いて静かに座り直した。与惣兵衛の火急の用件が何であるか、二人とも全く聞こうとはしなかった。

向かい合って座り直した吉良上野介と浅野内匠頭の間、まるで相撲の行司のような位置に与惣兵衛は座った。そして吉良上野介のほうを向き、畳に額を擦りつけるように平伏しながら静かな声で尋ねた。

「先ほどの通りがかりに吉良様より、畳替えが必要になった旨をお伺いしました。しかし勅使様のご到着はもう明後日のこと。なぜこのような急な話が持ち上がったのか、また限られた時間で我々に何ができるかについて、恐れながらお伺いできればと存じます」

先ほどまでは怒りで我を忘れていた吉良上野介も、与惣兵衛の乱入をきっかけに一息ついて、今は冷静さを取り戻している。彼は吐き捨てるように言った。

「全ては、畠山民部が老中の阿部様に、いらぬ一言を言ったせいじゃ」

「それはどのようなお言葉でございましょう」

「昨年は勅使のご到着に備えて伝奏屋敷の畳替えを行いましたが、今年はやらなくてもよろしいですな？　と」

「はあ」

「ご老中はご多忙じゃ。もちろん、伝奏屋敷の畳など一度もご覧になってはおらぬ。そんな状態でいきなり『昨年行った畳替えを今年はやらなくてもよいか？』などと尋ねられたら、ご老中ならずとも誰だって不安になるであろう」

「それはそうでございましょうな」

「それを聞いた阿部様は、『昨年は換えたというのであれば、当然今年も換えるべきであろうな』とその場で仰られたのじゃ」

「はあー」と一同が深い深いため息をついた。

「そんな……。伝奏屋敷の畳を一度でもご覧になれば、交換が不要などということは一目瞭然であろうに……」

「もちろん儂も、その旨は激しく抗弁したわ。畳は二か月前に換えたばかりで新品同様、交換は全く不要でござると。

　ただ、とにかく畠山民部の最初の話の切り出し方がまずかった。せめてご老中に『二か月前に換えたばかりのほぼ新品なので、自分は交換不要だと思うが、交換しなくともよろしいか？』と質問しておればよかったのじゃ。そういう尋ね方であれば、ご老中も不安を覚えず、それでよいと素直に了解したであろうに」

与惣兵衛は、信じられないといった顔を浮かべながら質問した。

「畠山様は、ただ『去年はやった、今年はやらない、今年はどうしますか？』とだけご老中に尋ねたということでござりますか？」

「そうじゃ。しかもあの阿呆、『どうしますか？』ではなく、責任の全てを老中に丸投げするかのように、『やらなくてもよろしいですな』という言い方をしたのじゃ。それで途端に訳がわからないことになった。

結局、別に誰も触れなければ全く問題にもならなかったような、こんな馬鹿馬鹿しい話が、まるで畳を換えなければ饗応の全てが失敗に終わるかのような重大な扱いになってしもうた」

「しかし畠山様は、どうしてそのようなご質問をなされたのでしょうか？」

与惣兵衛の問いに、苦虫を嚙み潰したような顔で吉良上野介が答える。

「責任逃れに決まっとろうが。万一、前例を曲げて畳替えをしなかったことをあとで誰かから責められた時に、老中の了解を得た上で進めたと言い逃れるために、わざわざそう尋ねたのじゃ。もちろん阿部様だって、畠山民部のそんな見え透いた魂胆は機敏にお察しになられておる。そうと気づけば、畳替えは不要だなどと阿部様が不用意にお答えになられるはずもない。

それで結局、畳の古さ新しさは問題ではなく、神聖な儀式にあたっては全ての道具を新品で揃えるのが礼儀であろうという結論になってしまい、畳替えを行うことになってしまったのじゃ」

いまいましげにそう吐き捨てた吉良上野介の顔を、浅野内匠頭はじっと睨みつけていた。木像のようにぴくりとも動かず、ただ射抜くような鋭い目で、吉良上野介の瞳を黙って見つめ続けている。

ぼそりと、浅野内匠頭が小声でつぶやいた。

「そんな高家の都合、知ったことかボケが……」

「浅野様！」

浅野内匠頭のつぶやきをかき消すような大声で、即座に与惣兵衛は叫んでいた。キッと浅野内匠頭の目を睨みつける。

浅野内匠頭は与惣兵衛の視線の圧に押され、ふて腐れたような顔で黙って目をそらした。その様子は五万石の藩主というよりはまるで、悪さをしたところを親に見つかって叱られている子供のようだった。

浅野様のお気持ちは痛いほどわかる。だが、いまは緊急事態。誰が悪いという責任のなすりつけ合いはあとだ。まずは何より、この畳替えの問題を片付けなければと考えた与惣兵衛は、できるだけ冷静な声で吉良上野介に言った。

「ご事情はともかく、勅使様に失礼のないようなもっとも上等の畳を二日後までに全部用意するのは、どう考えても無理です。しかも、殿上人が使われる繧繝縁を用意するとなると、いよいよどう考えても間に合うはずがありませぬ。何か代わりの手段を考えなければ」

「うむ。梶川殿の言うとおりじゃ。伝奏屋敷の畳の全てを換えるのは諦めよう。勅使様がお使いになる部屋だけを換えることにすれば、それだけでかなり枚数は減らせるはずだ。要は、新品に換えたという実績だけが必要なのであって、馬鹿正直に全部を交換する必要はない」

「繧繝縁はいかがしましょうか」

「ふうむ。殿上人は繧繝縁を使うというのが本来のしきたりであるが、繧繝縁は天子様とそのご一統だけがお使いになるべきもので、殿上人はそれよりも一段格が下がった紫縁の畳を用いるべし、という解釈も最近は一部でみられるようになった。実際、そのような形を採っている儀式を儂は数年前に京で見たことがある。紫縁の畳であれば江戸の職人も蓄えがあるであろうし、今回はその解釈を採ることとするか」

「それであれば、今から夜を徹して江戸中の畳屋に準備をさせれば、何とか間に合うことでしょう」

こうして吉良上野介と与惣兵衛が、限られた時間の中でとりうる最善の策を練っている間、浅野内匠頭は石のようにじっと固まったまま、微動だにしなかった。

そして結論が出ると、ボソリと一言だけつぶやいた。

「なんや。そんなテキトーなやり方でええんかいな。アホくさ」

その言葉に与惣兵衛は一瞬ヒヤリと肝を冷やしたが、あまりにも小声だったため、運よく吉良上野介の耳までは届かなかった。あるいはちゃんと聞こえていたうえで、吉良上野介は聞こえないふりをしていたのかもしれない。

高家肝煎の畠山民部の余計な一言が引き起こした無駄な畳交換も、必要な費用は全て浅野家の財布から出されるのだ。

十九. 元禄十四年　三月十一日（事件まであと三日）

勅使と院使の一行が伝奏屋敷に到着するたった二日前、九日の昼に、屋敷内の畳を新しいものに交換することが突如決まった。

その日から二日間、浅野家の江戸屋敷にいる家臣たちは誰一人として一睡もしていない。

ある者は江戸中の畳屋を駆け回って最上級の畳を買い集め、ある者は突然降って湧いた余計な出費を賄うために商人たちを訪ね歩いて金策に走り、またある者は、ただでさえ間に合うかどうかギリギリだった準備作業の残りを、畳交換に割かれて減ってしまった人数の中で何とか間に合わせるべく、夜なべで作業を進めた。

部下思いの浅野内匠頭は、家臣たちが夜を徹して準備をしてくれているのに、自分だけが寝ていられるかという自責の念で、九日の夜はほとんど一睡もできなかった。

勅使と院使は、十一日の卯の刻から辰の刻（朝七時半頃）に伝奏屋敷に到着する。

饗応役の浅野内匠頭と伊達左京亮は、彼らを迎え入れるため、前日の十日の夕方には伝奏屋敷に入り、真夜中の丑の刻（午前二時）にはもう大紋の礼装を着て、伝奏屋敷で待機していなければならない。

よって、十日の夜はほぼ徹夜に近い。つまり浅野内匠頭は、九日と十日の二日間、ほとんど眠らずに過ごしたことになる。

十日の深夜、浅野内匠頭が伝奏屋敷で礼装の着付けを行っている時点でも、まだ畳替えは完了しておらず、作業は続けられていた。

明かりを確保するため部屋中いたるところに燭台が置かれ、中庭では盛んに篝火が焚かれた。ドタバタとやかましい作業の音は一晩中絶え間なく屋敷内に響き渡り、睡眠不足で朦朧とする浅野内匠頭の神経を逆なでし続けた。

ようやく畳替えの作業が終わり、勅使をお迎えする全ての準備が整ったのは寅の刻（午前四時）も過ぎた頃だ。勅使の到着まで残り三時間強しかなかった。

その時には思わず、中庭に集まった浅野家家臣たちの間から自然に拍手が湧き起こった。与惣兵衛は何の違和感もなく、浅野家の家臣たちに交じって畳替えの力仕事に参加していたのだが、一緒になって手を叩き、たまたま隣にいた足軽頭の原惣右衛門と固い握手を交わして喜び合った。

これで終わりではなく、これからが本番だということは十分すぎるほどわかっている。それでも、とにかく準備が間に合ったという安堵感からどっと眠気が出て、大きなあくびが漏れた。

一方その頃、饗応役である浅野内匠頭は極度の緊張状態にあった。

儀式の所作を小さく手元で繰り返し、今日の饗応の手順を最初から順に思い返していく。だが、その記憶はとても心もとない。吉良上野介が江戸に帰ってきてから十日間、鬼のような指導を受けて誤って覚えた所作を全て修正したものの、いったん習得した動作の一部だけを修正するというのは、新しい動作を一から覚えるよりもむしろやりづらい。勅使様に無礼をせず、お役目をつつがなく終えられるかどうか、浅野内匠頭はさっぱり自信が持てなかった。

卯の刻を半刻ほど過ぎた頃、勅使と院使の行列が時間どおりに伝奏屋敷に到着した。お迎え役を務める老中の土屋《つちや》政直《まさなお》と高家肝煎の畠山民部が勅使と院使を先導し、伝奏屋敷の中まで案内する。

勅使と院使が客間に入ったら、今度は副将軍・水戸《みと》綱條《つなえだ》を客間に案内して挨拶をしてもらう。その際に水戸綱條が、饗応役を務める浅野内匠頭と伊達左京亮を勅使と院使に紹介する。紹介を受けた二人は勅使と院使に対して、江戸へのご来駕に感謝する決められた口上を述べる。

たったこれだけの手順のために、浅野内匠頭と伊達左京亮はこの三か月、何度も稽古を繰り返して全ての動作を覚え、口上を丸暗記してきた。二人はカチカチに緊張し、危なっかしい動きながらもそれらを何とかこなし、午前中は粗相なく終わることができた。

ところが、問題はそのあとに起きた。

歓迎の儀式が終わると、辰の刻（八時）にはもう早い昼食を出す。昼食には少々の酒がつくが、浅野内匠頭が勅使に酌をしようとした時、緊張した彼はお銚子を持つ手をうっかり震わせて、勅使の柳原資廉《やなぎわらすけかど》が持っていた猪口の縁を打ってしまったのだ。はずみで柳原資廉は思わず猪口を取り落とし、中の酒が全部、彼の袴の上にこぼれてしまった。

二日間まるまる徹夜続きの浅野内匠頭は最初、頭がぼんやりしていて何が起こったのか理解できなかった。だがその一瞬あと、ハッと目が覚めるように、自分がしでかしてしまった粗相に気づいた。慌てて浅野内匠頭は膝立ちになり、袂から懐紙を取り出して柳原資廉に差し出そうと急いで手を伸ばした。

焦りのあまりとっさに出たその動きが、さらにまずかった。

浅野内匠頭が手を差し出すと、彼の着物の袖が勅使の膳の上にふわりとかぶさり、そのまま汁椀の縁に引っかかって椀を倒してしまったのだ。

「あっ！」

場が凍りつく。

その時、すかさず老中の土屋政直が手を叩き、「誰か。柳原様に何か拭くものをお持ちせよ。それから代わりの御膳をお持ちするのじゃ」と大声で呼びかけてくれた。

そのおかげで、止まってしまった場の空気は再び、まるで何も起こらなかったかのように普段どおりに動き始めた。汁がこぼれた膳はすぐに撤去されて、予備として用意されていた全く同じ膳に差し替えられた。

「大変失礼つかまつった。何分にも江戸は無骨者揃いでして、このような不調法もご容赦を賜ればと存じます。もしよろしければ、お召しものも今すぐ換えをご用意させていただきます」

そう言って土屋政直が落ち着き払った温和な笑顔を浮かべると、周囲には極度の緊張感から解放されたような安堵の空気が流れた。柳原資廉も笑い返して、

「酒はすでにほとんど飲み干しておりましたので、濡れたといっても全くたいしたものではございませぬ。このままで結構でございます。ご配慮痛み入ります」

と答えたので、浅野内匠頭の粗相はこれでお咎めなしとなった。

だが幕府側の人間は皆、心の中で「浅野内匠頭め、しっかりしろ」と苦々しい思いを噛み殺していた。

その苛立ちは知らず知らずのうちに各人の立ち居振る舞いの端々に漏れ出て、場の空気はいっそうピリピリと、とげとげしいものになった。

粗相をした浅野内匠頭本人は、寝不足で混濁する意識の中に突然降ってきた大失敗に頭が真っ白になっていた。席に戻っても顔面蒼白で視線も定まらず、箸を持ったまま硬直して、数歩先の空中をぼんやりと眺めている。全く食事に手をつけようともしない。

あまりにも異様な様子に、隣に座っていた若い伊達左京亮が思わず「浅野殿？」と心配そうに声をかけたが、浅野内匠頭はぼんやりと濁ったような目で伊達左京亮のほうをゆっくりと振り向くと「はい？」とだけ答えた。

伊達左京亮は、それ以上何も言えなかった。

食事のあとは、勅使をもてなす詩歌音曲の催しが続く。楽曲の演奏はただ座って聴いているだけなのでよかったが、次に開かれた歌会は奇妙な緊張感が漂うものとなった。

　歌会では、その場で与えられた歌の題に合わせて、即興で和歌を作って披露するのだが、当然のことながら実は即興などではない。参加者たちには内々に歌の題が知らされていて、何日も前からそれに合った和歌を念入りに考え抜いてきている。無骨な田舎大名である浅野内匠頭と伊達左京亮は、和歌のたしなみなど皆無に近いのでほとんど自分で作ってすらいない。

　彼らも一応、最初のたたき台となる和歌は何とかして自力で作り上げてはいるが、とても勅使と院使の前で披露できるような代物ではない。それを指南役の高家たちが徹底的にダメ出しをして手直しして、ほとんど別物のような和歌に仕上げるのだ。大名たちは本番ではその和歌を暗記しておいて、短冊に書いて出すだけである。

　それだけのことだから、この歌会も本来それほど難しいものではない。

　しかし、食事の時に粗相をして以降の浅野内匠頭の、まるで魂が抜けた幽鬼のようなボンヤリした様子は、誰の目で見ても明らかに異常だった。誰も何も言わないが、浅野内匠頭がまた何かをやらかすかもしれないという異様な緊張感が漂っていた。

　進行役から歌の題が提示されると、一同は事前に作ってあった和歌を短冊に書きつける。それらが進行役を務める和歌の学者の元に集められて一つ一つ読み上げられていくのだが、短冊を見た学者は思わず息を呑んだ。

浅野内匠頭から提出された短冊が、読めない。

何やらゴニョゴニョと、ちりめんじゃこがまき散らされたような線が墨で書かれているが、全く意味を成していない。

しかし学者は全てを機敏に悟り、機転を利かして、意味不明な短冊をもっともらしく胸の前に構えると、自分が即興でひねり出した和歌を何食わぬ顔して読みあげた。その場で思いついたものだから、二度繰り返して読む時に、一度目と二度目で若干語尾の言葉遣いが違ってしまったが、それはよくある読み間違いということで、そのまま何事もなく流された。

事前の予定では、参加者たちが書いた短冊は全て壁に並べて飾ることになっていたが、その予定は急遽中止となった。

勅使様、院使様の素晴らしい御手筋の脇に、我々武家の拙い乱筆を並べることなど大変恥ずかしく、失礼にもあたるという理由がその場ででっち上げられた。そして勅使の柳原資廉と高野保春《たかのやすはる》、院使の清閑寺熙定《せいかんじひろさだ》が書いた短冊だけが、それぞれ単独で各部屋の床の間に飾られることになった。

一日目の接待が終わったあと、伝奏屋敷に詰めていた全ての幕府の担当者たちは、げっそりと疲れきった顔で帰宅した。

接待役を務めた畠山民部などは、周囲に人がいなくなった途端に「浅野内匠頭め！全てをぶち壊す気か！　痴れ者が！」と、付き従う小姓たちに癇癪を起こして当たり散らした。

浅野内匠頭は危険だ、もはや正気じゃないという評判とともに、饗応初日に彼がいろいろと失態をやらかしたらしいという話は、噂としてあっという間に江戸城内に広まった。

二十．元禄十四年　三月十三日（事件まであと一日）

浅野内匠頭は、遠くの舞台上で繰り広げられる退屈な猿楽をぼんやりと眺めていた。

朝からずっと横なぐりの強い雨が降っているため、能楽堂のある建物の戸板はすべて閉められている。そのため、会場はゆらゆらと揺れる灯明や行灯を並べて照明としており、まるで寺の本堂のように薄暗い。そこに響く幽玄な太鼓と笛の音、格調高く静謐な舞は単調で、思わず眠気を誘われる。

「……浅野殿！　浅野殿！」

院使饗応役の伊達左京亮は大慌てで、隣に座っていた勅使饗応役の浅野内匠頭に小声で何度も呼びかけ、さりげなく指で何度も脇腹を小突いた。舞台が始まってすぐ、浅野内匠頭がコックリコックリと大きく頭を前後に揺らしながら居眠りを始めたからである。

「浅野殿！」

ひときわ強く脇をつつかれたことで、浅野内匠頭はハッと瞬時に我に返った。どんより混濁していた意識がたちまち息を吹き返す。

「し、失礼……」

年若い伊達左京亮が心配そうに覗き込むと、浅野内匠頭は最初混乱した表情だったが、徐々に状況を理解してきたようだった。

どうやら儂は、猿楽の途中で居眠りしてしまっていたらしい。どうしてこう、猿楽というものは動きが緩慢で退屈なのだろう。居眠りする前から、場面はほとんど変わり映えがしないじゃないか。

よかった……舞台の向こう側に座っておられる上様や勅使様は舞のほうに夢中で、儂が居眠りをしていたことには気づいていないようだ。危ない危ない。自分は運がよかった。そう安堵した時、浅野内匠頭は遠くから自分を見つめる冷たい視線に気づいた。

獲物を見つめる鷹のような鋭いその視線は、将軍や勅使、院使の座所から一段後ろに下がった貴賓席から来ている。

そこに並んでいるのは大老格の柳沢吉保と五人の老中たち、そして高家衆だ。

視線の主は、吉良上野介だった。

浅野内匠頭は、背骨の中に水銀でも流し込まれたかのような嫌な感覚がして、ぞくりと震えあがった。

いったい、いつから自分は吉良上野介に睨まれていたのだろうか。舞台を挟んだあんな遠くからでも居眠りしているとわかったということは、自分はこっくりこっくりと舟を漕いで、周囲にも気づかれるほど頭がぐらぐらと前後していたということなのかなどと、さまざまな悪い想像が次々と浮かんできて、浅野内匠頭は生きた心地がしなかった。将軍と勅使の面前で、畏れ多くも居眠りをしていたなどという評判が立ってしまったら、まさに大失態である。

だが、私はもうこの四日ばかり、ろくに眠れていないのだ。

前々日にいきなり伝奏屋敷の畳替えを指示されたせいで、ほぼ丸二日寝ないで臨んだ三月十一日の勅使お出迎えは、目も当てられない結果に終わった。

食事の時の失敗で頭が真っ白になってしまって、その後の接待で何をやったのか、彼は正直よく覚えていない。徹夜続きだったので凄まじいまでの眠気はあったが、目を閉じると失敗の場面がよみがえってきてしまい、次の日の行事に向けた緊張もあって、その晩はなかなか寝付けなかった。

翌日の三月十二日は将軍引見。これが、この勅使応対でもっとも重要な儀式だった。ここでは勅使と院使が将軍に年賀使の御礼を述べ、さらに江戸城の白書院の間で聖旨、院旨を下賜する儀式が行われる。

前日の勅使のお出迎えは、まだ多少の粗相があってもごまかしが利いた。しかしこの日の儀式は全て将軍綱吉のすぐ目の前で行われる。ここで失敗をして将軍の勘気を買うようなことになったら、不始末を理由にお咎めを受けることも、最悪は責任を問われて切腹という可能性だってないわけではない。

だからこそ浅野内匠頭は、前日の失敗を繰り返さぬよう、合戦に出陣するくらいの気合いを込めてこの正念場に臨んだ。吉良上野介の指導のもと、たった十日間のつけ焼刃で修正した儀式の所作を、何の失態もなく全てをこなせる自信は正直全くなかった。

そこを、全神経を張り詰めて臨むことで、所作に多少の誤りはあったとはいえ、何とか大きな間違いは起こさずに予定されていた儀式を無事に終えることができた。

最後、将軍と勅使が退席して全ての行事が終わった時にはどっと疲れが出て、浅野内匠頭はその場からしばらく立ち上がることもできなかった。

だが、この将軍引見の日を終えれば、その後の行事はそこまで緊張するものではない。十三日は終日、饗応の猿楽を後ろで見ているだけだ。十四日に予定されている、勅使が将軍への別れの挨拶を述べる勅答の儀が少々大変なくらいだが、それも十二日の将軍引見と比べればたいしたことはなかった。

勅使が江戸を発つ十八日まで気を抜けないことは確かだが、勅答の儀以降はもう江戸城内での行事はなく、上野の寛永寺や芝の増上寺の参詣など、春の江戸の物見遊山も兼ねた余興のようなものにすぎない。最大の山場は終わったのだ。

するとそれまでずっと張り詰めていた緊張がふっと途切れたせいだろうか。将軍引見を終えた三月十二日の夜、浅野内匠頭の持病である痞の発作が再び起こってしまった。発作が起こると呼吸が浅くなって息苦しくなり、途切れることのない激しい頭痛が続く。その日の夜はほとんど眠れなかった。

普段なら、痞の発作が出ると二日か三日は床で安静にしているが、幕府のお役目の最中にそんな真似はできない。

家臣たちは口々に、立ち上がることもできないほど具合が悪いと言ってお休みをさせてもらうべきだなどと言ったが、藩主である浅野内匠頭は、幕府から与えられる任務は命に代えてでも完遂するのが当然とみなされることを、身に沁みて理解していた。病が理由で休めるはずがなかった。

「発作を起こしたのが十二日の将軍引見の前日でなくてよかったわい、今日はずっと猿楽を見ているだけの、ちょうどいい休憩日じゃ」と、家臣たちに強気の言葉を吐いて普段どおり登城した浅野内匠頭だったが、まさか居眠りをしてしまうとは。

儂は何をやっているのだ。儂は浅野家五万石の藩主。儂の不始末ひとつで、浅野家家臣たちの運命がいきなりどん底に落とされることだってあるというのに。

あと数日。あと数日、何事もなく終わればいい。とにかく問題を起こすな。ただ言われたことを、言われたとおりにやるだけではないか。あと数日で終わることだ。浅野内匠頭がそんなことをずっと悶々と考えているうちに、長く退屈な猿楽の舞台が終わった。最初は将軍と勅使、院使たちが席を立ち、その次は老中たちが会場をあとにする。饗応役の浅野内匠頭と伊達左京亮は出入り口でそれをお見送りする。

見送りが終わったところで、饗応役の今日の仕事は終わりだ。疲れきった浅野内匠頭は早く屋敷に帰ってとにかく眠りたかったが、帰ろうとする浅野内匠頭を背後から呼び止める者がいた。

「浅野殿、ちょっとよろしいか」

その声を聞くだけで、浅野内匠頭は呼吸が浅くなり、キュッと胸が絞られるような気持ちになった。吉良上野介だ。

用件を伝えず、ちょっとよろしいか、とだけ言う声のかけ方がまた、浅野内匠頭にとってはこれ以上ない苦痛だった。

二人で個室に移動するまでの間は、時間にしたらほんの一分ほどにすぎない。だが、いったいこれから何の話をされるのかと恐怖に怯えながらぐるぐる思い悩むうちに、浅野内匠頭の精神は激しく消耗した。むしろ最初に「先ほどの猿楽の時の件で、ちょっと話がある」と用件をはっきり言って呼び止めてくれたほうが、居眠りを叱られる心の準備ができてよほど気が楽だった。

近くの空いている小部屋を探して二人で入り、襖を閉めたところで、吉良上野介はいきなり厳しい顔つきに変わった。

「浅野殿。先ほどの猿楽の時はいかがされたか」

ああ、やはり居眠りのことか……。浅野内匠頭はうんざりした。吉良上野介が言わんとすることなど、言われなくともわかっている。何よりも、自分がもっとも後悔し、自己嫌悪しているのだから。

「猿楽は上様の一番のお好みで、ずっと舞台のほうを熱心にご覧になられていたからよかったものの、もし貴殿のほうをちらりとでもご覧になっていたら、一大事でござったぞ」

そんなことはわかっている、と浅野内匠頭は心の中で反論したが、少しでも口に出したら火に油を注ぐだけなので黙っていた。

「儂は貴殿のことを、生真面目で信頼のできる男だと思っておった。しかし此度の饗応役、儂が不在にしている間の準備の進め方といい、儂への報告書の内容といい、首をかしげたくなるようなことが続いておる。

加えて今日は上様のおられる場で居眠りをするとは、見損なったぞ浅野殿。これはご公儀のお勤めである。明日の勅答の儀、改めて気を引き締めて望まれよ。貴殿はきちんと心を入れ替えられる立派な御仁だと、儂は信じておるぞ」

吉良上野介としては、叱責というよりも、根は真面目な浅野内匠頭を励まして奮起を促すつもりで厳しめの口調でそう言ったのだが、今の浅野内匠頭にとってその言葉は完全に逆効果だった。

こいつ、ぜったい許さんわ。

浅野内匠頭は心中でそう決意した。最終的に千二百両までふくれあがった予算の件、畳の交換の件。そんな自分の非を棚上げにして、何をぬかすか。

だが、そんな浅野内匠頭の思いとは裏腹に、吉良上野介は責任者としての使命感に突き動かされ、親切のつもりで懇々と激励を続けた。それに能面のような顔で「はい」「そうでござるな」「了解いたした」と生気のない声でぼそぼそと答えるだけの浅野内匠頭の意欲のなさに、吉良上野介はあきらかに不満げだ。

儂にそんなにご公儀のお勤めを上手に果たさせたいのなら、とにかく早く帰らせて儂を寝かせてくれないか――浅野内匠頭は混濁する意識の中でそう思ったが、それに全く気がつかない吉良上野介の熱い呼びかけはなかなか終わらない。しまいには「そうじゃ。明日は普段より半時早く登城めされよ。浅野殿も、所作の稽古が不十分な今のままでは自信も持てないであろうから、明朝は特別に、儂が直前の稽古をつけてやろうぞ。よろしいか」などと言いだした。

浅野内匠頭は、そんな時間があったら少しでも眠って体力を回復させたいと思ったが、そんなことをわずかでも口に出してしまったらまた長々と説教が続きそうなので、全く感情のこもっていない感謝の言葉を述べて、それを受け入れるしかなかった。

二十一．元禄十四年　三月十四日・その１（事件当日・朝）

その日、前日から降り続いていた陰鬱な雨は朝になってやんだ。

昨日は一日中激しい雨が続き、強風が木の枝を揺らし戸板をガタガタと不安な音を立てていた。せっかく咲いた桜も、この雨と風でほとんど散ってしまった。しかし一転して今日は雨も上がり、春らしい明るい日差しがさし込む。

今日さえしのげば、この饗応役もほぼ終わりだ。

まぶしい朝日を見上げ、湿気を含んだ暖かな春の空気を思いきり胸に吸い込んで、梶川与惣兵衛は疲れきった心を奮い立たせた。

この三か月、与惣兵衛は働きづめだった。浅野内匠頭と吉良上野介の二人には、方向性は違えどそれぞれに素晴らしい長所がある。与惣兵衛は何とかして二人の長所を並立させようと奮闘してきたが、結局最後までうまくはいかなかった。

でも、泣いても笑っても今日がほぼ最後。今日の将軍の勅答の儀さえ終わってしまえば、残る行事は上野寛永寺と芝増上寺の参詣だけで、もうたいしたことはない。

与惣兵衛はいつも通り登城して、自らの勤務場所である大奥の詰所に行った。すると台盤所の同僚が、気になることを言った。

浅野内匠頭と吉良上野介が、まだ日も昇らぬうちから登城して、個室で二人きりで今日の儀式の所作の稽古を行っているというのである。

「吉良様も、自分が京に行って不在だった間の埋め合わせをしようと、ずいぶん精が出ることですなぁ」

そう言って呑気に同僚が笑ったその時には、与惣兵衛はもう険しい表情を浮かべて席を立っていた。これはまずい。実にまずい。

これまでに二度も、刀を抜くか抜かないかという一触即発の状況になってきた二人が、この期に及んで二人きりで所作の稽古だと？　いったい何を考えているのか。

与惣兵衛は不安に押し潰されそうになりながら、無作法にならない程度の限りなく駆け足に近い速さで、二人がいつも所作の稽古をしている部屋に向かった。部屋に近寄ると、厳しく叱りつけるような甲高い大声が襖の奥から聞こえる。吉良上野介が浅野内匠頭の所作の間違いを糾す声だ。

与惣兵衛は襖の側まで来ると「失礼いたす！」と大声で叫び、部屋の向こうからの返答を待たずに即座に思いきりバタンと襖を開いた。失礼だとあとで叱られても全く言い訳できないが、そんなことはかまっていられない。

部屋の中では、片膝を立てて座り、儀式に使う目録を捧げ持った浅野内匠頭の後ろに吉良上野介が立って、浅野内匠頭を怒鳴りつけていた。

「もうこれを注意するのは何度目でござるか！　ここで目録を持つ掌を返す時、肘は上げたままじゃ！　絶対に下げてはならぬ！　本番では肘の動きから決して意識を離すでないぞ！　とにかくここ、肘の動きが大事なのじゃ！」

与惣兵衛には、その動作がどの儀式の中の何の所作なのかはさっぱりわからない。しかし、浅野内匠頭の所作の間違いが本番直前だというのに一向に直らないため、吉良上野介が業を煮やして苛立っていることは一目でわかった。

「肘じゃぞ！　ここじゃ！　おわかりか？」

そう言って吉良上野介は浅野内匠頭の肘を左手で支え、右手に持っていた扇でその肘を軽くパチンと叩いた。

吉良上野介にしてみたら、ここに注意しなさいよという程度の気持ちで、特に深い意味もなく軽く叩いたにすぎない。

だが、積もり積もった鬱憤が忍耐の限界に達していた浅野内匠頭は、頭で考えるよりも先に、口と手が動いてしまっていた。

「何すんねん、ボケ」

パシン。扇を持つ吉良上野介の右手を、思わず軽く平手で叩いていた。

これも、別にたいした意味はない。腕に蚊が止まっていたので反射的に軽く叩いたという程度の軽い動作である。

だがそれは、「ご厚意でわざわざ、日も明けぬうちから登城して所作の指南をしてくれていた、高家肝煎筆頭・従四位上左近衛権少将の吉良上野介様の手を叩いた」ということであった。

「気が触れたか浅野殿！　何たる狼藉！」

逆上した吉良上野介が、思わず膝立ちになり右手を刀の柄に伸ばしかける。それを入り口で見ていた与惣兵衛は、大声を上げながら滑り込むように二人の間に割って入った。

「まあまあまあ！　まあまあお二方！」

「どうして梶川殿が入ってくる！　邪魔するでない！」

「まあまあまあ、吉良様まあまあ」

「何じゃ梶川殿！　何か言いたいことでもあるのか？」

「まあまあまあ、吉良様、まあまあ、落ち着いてくだされ」

「これが落ち着けるか！　今の浅野殿の狼藉、貴殿も見ておられたであろう」

「まあまあまあ、落ち着いて吉良様、落ち着いて」

「こんなことをされて落ち着いておられるか。なぜ浅野殿をかばうのだ梶川殿」

「かばうのではございません吉良様。まあまあ、とにかく落ち着いて落ち着いて」

「さっきから『まあまあ』ばかりで訳がわからん。儂は、なぜ貴殿が浅野殿をかばうのかと聞いておる！」

「いやいやいやいや。まあまあまあまあ！」

　体が勝手に動いて、とりあえず二人の間に割って入ってみたのはいいものの、与惣兵衛はそのあとのことを何も考えておらず頭が真っ白になった。とにかく激昂する吉良上野介の怒りを鎮めねばと、吉良上野介が思わず納得するような気の利いた一言を言おうと必死で頭を回転させたが、説得力のある説明がちっとも思い浮かばない。

　たったいま起きた出来事だけを箇条書きにしていったら、浅野内匠頭がどう考えても完全に悪い。

　吉良上野介は、稽古の不十分な浅野内匠頭を案じて、親切心からわざわざ早朝に特訓をしてくれていた。それで、注意すべき箇所を示すくらいの意味で、軽く扇子で肘をパシンと叩いただけだ。するとなぜか浅野内匠頭が逆上して、汚い言葉を吐きながらその手を乱暴に叩き返してきた。

　どう言い逃れしても、吉良上野介が怒るのは当然だった。

でも、なぜか与惣兵衛は発作的に浅野内匠頭をかばってしまった。怒った吉良上野介の問いに対して、どんな答え方をしても苦しい言い訳にしかならないので、「まあまあ」以外の言葉が出てこない。

「梶川殿は賢明なお方だと儂は買っておった。それなのに今のこの狼藉を見て何とも思わないのか？」

「いや、浅野殿は饗応役で大変お疲れでございます。数日前に痞の発作を起こされて、最近はほとんど眠れていないとも伺っております」

「それとこれと、何の関係があるのだ。貴殿は、それが儂の手を叩いてよい理由になるというのか？　つまり梶川殿は、疲れていれば何をしてもいいと申すわけか？　儂は未だかつて、ここまで理不尽な侮辱を受けたことはないぞ。

それなのに梶川殿は、浅野殿は疲れていたから仕方がない、眠れていなかったから許せ、この儂が手を打たれたことは我慢せいと申すわけじゃな？」

自分がとっさに思いついた精一杯の説明が即座に論破されて、与惣兵衛はしどろもどろになった。

「いいえ、決してそういう訳ではございませぬ。理は吉良様にあると拙者も考えます。ただ、考えはしますが……」

「儂に理があるなら、儂の味方をすればよかろう。簡単なことではないか。それなのになぜ貴殿は浅野殿の肩を持つのじゃ。貴殿はどちらの味方なのだ」

「どちらの味方だなんて……。そういうのはおやめくだされ吉良様。拙者は、拙者は……とにかくこの饗応役を、無事に済ませたいだけなのでございます……」

「無事に済ませるためには、この狼藉の件にきちんとケリをつけるべきではないのか。このままでは儂も収まりがつかぬ！」

怒りの冷めやらぬ吉良上野介に対して、与惣兵衛はその場に平伏して、震える声で切々と答えた。

「そう仰らずに、この場は収めてくだされ吉良様。この梶川、このとおりのお願いでございまする。

拙者は吉良様の、万事に理非を明らかにし、常に私心なく全てをご公儀のために尽くされる姿勢を、心より尊敬申し上げております。

その一方で、下々の者に心を開き、常に温かく見守ってくださる浅野様も、同じくらいお慕い申し上げているのであります。

それを、どちらの味方をするのか、などと言われましても……。拙者は、どちらもお味方したい、どちらもそれぞれ素晴らしい方だと、常々そう思っているのでありま す」

自分の思いを言葉にしているうちに感情が込みあげてきて、ぶわっと与惣兵衛の目から涙があふれ出てきた。

「この、それぞれに素晴らしいお二人が、それぞれの良い面をお認めになられて、力を合わせて事に当たれば、今年の勅使饗応はさぞや素晴らしいものになるだろうと、拙者は思っておりました。

それでこの梶川、誠に僭越ながらお二人の仲を少しでも取り持とうと、今まで奮闘努力してまいりましたのに……どうして、どうしてこんなことに……ッ！　拙者のこの切なる思いを、何卒、何卒お汲みいただくことは叶いませぬかッ！」

汚らしく鼻をすすりながら、顔を畳に擦りつけるようにして与惣兵衛は切々と訴えた。吉良上野介は全く納得してはいなかったが、子供のように真っ赤な顔で泣きじゃくる与惣兵衛の様子に、少しだけひるんだ様子を見せた。

そこに、少し前に部屋の中に入ってきてはいたものの、見るからに深刻そうな話を遮っていいのかわからず、部屋の片隅で戸惑いながら様子を伺っていた茶坊主が、遠慮がちに声をかけた。

「あの……吉良上野介様、御老中がお呼びでございます。今すぐお越しいただきたく」

これに水を差されるような形になり、異様な口論は結論の出ないまま、とりあえず中断した。

三人は今までの諍いが幻であったかのように、まるで何もなかったような通常の表情に切り替えると、全員無言のまま揃って部屋を出た。

二十二．元禄十四年　三月十四日・その２（事件の瞬間）

思いっきり泣きじゃくってしまったので、しゃっくりが少し残っているし、目は涙で充血して真っ赤だ。それでも梶川与惣兵衛には、その日の奉答の儀式で御台所である信子様の使者の役目があった。心身ともにボロボロの浅野内匠頭を支えることも大事だが、自分の役目だって疎かにするわけにはいかない。

汚らしい涙と鼻水を懐紙でふき取り、変に泣き腫らした顔になっていないかを気にしながら、何食わぬ顔で与惣兵衛は自分の持ち場に戻った。そしていったんは気持ちを切り替えて、浅野内匠頭のことは無理やり忘れて自分の仕事に取りかかった。

儀式当日の担当者は目の回るような忙しさだ。その忙しさが、与惣兵衛にあれこれ余計なことで思い悩む暇を与えず、結果として、彼の心を強制的に普段どおりに落ち着かせていった。

しばらくして、同僚の旗本が「今日の儀式の刻限が早まったらしい」と言ってきた。詳細はよくわからないが勅使側の都合らしい。

先ほど吉良上野介の使いの者が御台所の詰所までやってきて、その旨を伝言してきたそうだ。

儀式の刻限が前倒しになるのはわかったが、そうなると昼食の時間が早くなりすぎではないか。

それならば、その後の予定と昼食の順番を入れ替えたほうがいいと思うが、吉良様はどうお考えなのだろう。それと、このことは浅野様と伊達様にも伝わっているのだろうか。そう思った与惣兵衛は、昼食時間の変更について打ち合わせしようと、吉良上野介を探して城内を歩き回った。

松の廊下に面した下の御部屋に入ると、与惣兵衛はそこにいた茶坊主に声をかけ、吉良様をお探しせよと命じた。

ところが茶坊主は「吉良上野介様は御老中に呼び出されました」と答えた。先ほどの老中たちとの打ち合わせが、まだ続いているのだろうか。

ちょうどその時、遠くに浅野内匠頭の姿が見えた。

江戸城は広く、関係者は多い。館内放送や携帯電話などないこの時代、急な予定変更の情報が、必要な人間にきちんと伝わっていないという手違いはしばしば起こった。だから与惣兵衛は、念には念を入れて直接確認をしておこうと思った。

広い江戸城内で姿を見失ってしまったら、また探すのが一苦労だ。与惣兵衛は慌てて近くにいた茶坊主に「今すぐあそこにいる浅野様を追いかけて、梶川与惣兵衛からお伝えしたいことがあるので、しばらくその場でお待ちくださいと呼びかけてくれ」と命じた。

自分はいったんすぐそばの詰所に戻り、必要な資料を持ってあとから茶坊主を追いかけるつもりだったが、浅野内匠頭はわざわざ自分から与惣兵衛のいる詰所までやってきてくれた。与惣兵衛が恐縮すると浅野内匠頭は、「ええよ、ええよ。こっちも梶川殿と二人きりで話したかったところや」と言って力なく笑った。今朝の揉め事の話かと与惣兵衛は身構えた。浅野内匠頭の顔は青白く、目の下は落ちくぼんで黒ずんでいる。まるで死神のようなその顔に、与惣兵衛は一瞬ぎょっとした。

今日の儀式の予定が前倒しになるらしい、という連絡を与惣兵衛が伝えようとしたら、浅野内匠頭はそんな話はどうでもいいとばかりに与惣兵衛の話を遮って、いきなり深々と頭を下げた。

「梶川殿、ありがとうな」

与惣兵衛は意表を突かれて「いえ、そんな」などと言いながら、まずは何よりも浅野内匠頭よりも深く頭を下げねば、と畳に頭を擦りつけて平伏した。

「そんな。拙者ごときに大変もったいないお言葉でございます」

「いや。ええねん。嬉しかったで、儂は」

「拙者はただただ、吉良様にも浅野様にも仲よくして欲しいだけでございます。尊敬するお二人が諍っておられるのを見るのは心苦しゅうございます」

「でもあの時、アンタはちゃんと儂の肩を持ってくれたやろ。やっぱり梶川殿は儂の仲間じゃ」

「いや、浅野様……」

違う、そうじゃない。「浅野様があそこで吉良様に手を出したのは、誰がどう見ても浅野様の落ち度でござる。どんなにお疲れで心身が限界であろうとも、そのこと自体はきちんと反省して、吉良様に謝罪していただかねばなりませぬぞ」と、与惣兵衛は本当はそう言いたかった。だが、浅野内匠頭の極限の精神状態を思うと、とてもそんなことは言えなかった。代わりに与惣兵衛は、全てを包み込むような優しい口調で言った。

「浅野様、あと少しの辛抱でございますよ。まだお役目は諸々ございますが、あと少し、よろしくお願い申し上げます」

「ああ。せやな」

部屋を出る時、浅野内匠頭は疲労で黒っぽく落ちくぼんだ目元に、いつものような人懐っこい笑顔を浮かべて言った。

「この饗応役が終わったら絶対に一緒に飲もうな。ご馳走するで」

この約束は、ついに果たされることはなかった。

その後、浅野内匠頭は下の御部屋の自分の席に戻り、与惣兵衛も自分の業務に戻った。

しばらく経って与惣兵衛が大広間から白書院のほうを見ると、吉良上野介が白書院からこちらへ来るのが見えた。ずっと老中と打ち合わせをしていた彼が、やっと打ち合わせを終えて戻ってきたようだ。

与惣兵衛は再び茶坊主に、「あそこにいる吉良殿にお声がけをしてきてくれ」と命じた。

茶坊主はすぐに小走りで吉良上野介のほうへ行って声をかけた。吉良上野介は茶坊主に「よかろう」とでも答えたのか、与惣兵衛のほうに向かって手を挙げた。

与惣兵衛は早足で廊下を歩き、吉良上野介の元に向かう。

吉良上野介も、悠然とした足取りで与惣兵衛に近づく。

二人が落ち合ったのは、江戸城の松の廊下の途中だ。

廊下の曲がったところにある角柱から、六間から七間ぐらいのところで二人は合流し、立ち話を始めた。

与惣兵衛はできるだけ、勅答の儀の時間変更に関する事務的な相談だけで会話を切り上げたかった。今朝の件については極力触れないようにして、用件が終わったらすぐに、この松の廊下を去ってしまおうと思っていた。

だが、開口一番、吉良上野介はその件について腹立たしげに話し始めた。よほど腹に据えかねていたらしい。

「梶川殿。先ほどの件について儂もあのあと考えてみたのじゃが、やはりあれは、ご公儀の然るべき筋に話を上げて、きちんとご裁断を仰ぐべき話ではないかと思うのじゃが、どう思われるかの」

「吉良様……あの件はお忘れくださりませ」

自分の理解者であると信じていた与惣兵衛が、どういうわけかこの件だけは一向に渋い態度を崩さないので、吉良上野介の声は次第に大きく激しくなり、甲高く上ずった耳ざわりな感じになった。

「この件に関しては、梶川殿はやけに浅野殿を庇われるの。浅野殿があの狼藉を働いたことにも、斟酌すべき事情があると梶川殿はお考えになられているようじゃな。

しかし、何の咎もないのに謂れのない狼藉を働かれた、この儂の気持ちについては斟酌してくださらぬのか」

与惣兵衛は下を向いて小声で答えた。とても吉良上野介の目を見て言うことはできなかった。

「……お忘れくださりませ。背後から斬りつけられたなどというならまだしも、狼藉とはいえ、少し手を払った程度のごく軽いものでござりましょう」

「ごく軽いもの？　行った行為が軽かろうが重かろうが、人を侮辱するその心根は同じであろうが。上様にお仕えする、同じ直臣旗本三千騎の一員として、梶川殿と儂の心は一つであるとばかり思っておったのに」

与惣兵衛の目尻に、再び涙が光った。嗚咽が出てしまうのを必死でこらえて、震える声で言った。

「……吉良様、ご勘弁くださりませ。少なくともこれは今、このような場で立ち話するようなことではありませぬ。またこの件は後日改めてお願いします。それよりも拙者が確認したいのは、本日の予定のことでございます。本日の勅使様の刻限が早まったのでしょうか？」

「話をそらすのはやめられよ梶川殿。儂は今朝の件について、貴殿の考えを聞いておるのじゃ！」

その時だった。

突然、誰だかはわからないが、吉良上野介の後ろから狂ったような怒声が聞こえた。

「おどれぁ何しとんじゃ。このボケカスがぁ！」

その声とともに、猛然と吉良上野介に背後から斬りかかった者がいた。太刀の音はすごく大きく聞こえたが、のちに聞いたところでは傷はそれほど深くはなく浅手だったらしい。

与惣兵衛が驚いてよく見ると、そこには血走った目をカッと見開き、顔面を真っ赤にして歯をギリギリと食いしばった浅野内匠頭が、血まみれの小刀を握りしめて立っていた。

「こっ、これは！　ひいいっ！」

吉良上野介は斬られた衝撃で板張りの廊下に膝をつき、そのまま四つん這いになって必死に後ろへ逃げようとしたが、浅野内匠頭はその上に飛びかかり、また二回ほど斬りつけたので、吉良上野介はその場にうつ伏せに倒れ込んだ。

「あ、浅野様！　なんてことを！」

与惣兵衛の体は、考えるよりも先にまず動いていた。

時が止まったようにも思えたその数秒間の出来事を、与惣兵衛は一年以上経った今でも克明に思い出すことができる。

与惣兵衛は浅野内匠頭の背中に飛びついて羽交い締めにした。浅野内匠頭はまるで、巻狩りの時に数人がかりで押さえつけられた手負いの猪のような、人間とは思えないほどの強い力で猛然と与惣兵衛の腕を振りほどこうとする。

だが与惣兵衛は与惣兵衛で、絶対にこの腕を離してなるものかという死に物狂いの一念がある。五十五歳の老人とは思えぬ怪力で、与惣兵衛は暴れまわる浅野内匠頭をがっちりと押さえつけた。

「おやめくだされ浅野様！　なぜでござる！　なぜでござるッ！」

「離せェ梶川殿ッ！　奴が儂に何を言おうが一向に構わん！　だが奴が儂の仲間を傷つけるのは許さぬぞ！」

「拙者は何もされておりませぬ！　勘違いめされるな！　浅野様！　おやめくだされ！」

「嘘を言え！　先ほどのやり取り、聞いておったぞ！」

「あの程度の意見の不一致、お役目をしておれば普通でござる！」

「うるさい！　お主はいつもそうやって自分を犠牲にして他人をかばう！　儂は聞いておったぞ！　どう見てもあのあと、お主をいびり倒すつもりだった物言いじゃ。儂はもう我慢ならぬ！　討ち果たしてやるッ！　離せェ梶川殿！」

浅野内匠頭は狂ったような大声で与惣兵衛を怒鳴りつけたが、与惣兵衛もそれと同じくらいの大声で必死に怒鳴り返す。

「離しませぬ浅野様ッ！　ここは殿中でござるぞ！」

「なぜ梶川殿が儂を止めるッ！　離せ！　離せェ！」

「離しませぬ！　殿中でござる！　拙者は吉良様から何もされておりませぬ。お聞き分けくだされ浅野様。ここは殿中でござる！　殿中でございますぞ！」

「なぜ邪魔をする梶川殿ッ！　離せ！　離せッ！」

「離しませぬッ！　どうして！　どうしてわかっていただけぬのですか？　ここは殿中なんです！　殿中！　殿中でござるってばァ……」

何度も何度も「殿中でござる」と叫び続けるうちに、与惣兵衛は感情が込み上げてきて、ブワッと一気に涙があふれてきた。

生粋の旗本である与惣兵衛の頭には、「喧嘩両成敗」という武家の大原則は当然頭に入っている。喧嘩をした者は理由の如何にかかわらず、両者が同じ責任を負う。ましてや、本来なら帯刀すら禁じられているこの松の廊下で、しかも勅答の儀という幕府の一大重要行事の真っ最中に、このような刃傷事件を起こしてしまったのだ。どう弁護しようがまず両者とも死罪は免れない。今ここで血を流して気を失っている吉良上野介も、自分がこうして羽交い締めにしている浅野内匠頭も、間もなく死んでしまうのだ。

尊敬する二人だった。尊敬する人と尊敬する人がともに仕事をするのだから、きっと素晴らしい結果に終わるだろうと、十二月の頃の与惣兵衛は信じて疑わなかった。

だが、一＋一は二ではなかった。二どころか、悪い方向に三にも四にもなっていく。どうして自分はそれを食い止められなかったのだろうか。そう思うと後悔で涙が次々とあふれてきて、与惣兵衛は浅野内匠頭を抱え込んだまま、ただうわ言のように「殿中でござる……殿中でござるよぉ……」と浅野内匠頭の耳元でずっと繰り返し訴え続けていた。

その頃になると、尋常でない物音と叫び声を聞きつけて、周囲の者たちが次々と駆けつけてきた。

近くにいた高家衆や院使御馳走役の伊達左京亮、また近くにいた茶坊主などもやってきて、次々と取り押さえに加わった。

気がつくと、気を失って倒れていた吉良上野介はどこかに行ってしまっていた。誰かが別室に運んでくれたのだろうか。

のちに与惣兵衛が聞いたところでは、高家の品川豊前守と畠山下総守が、倒れた吉良上野介を引き起こしたらしい。ただ、何分にも老齢での負傷であるので、吉良上野介にほとんど意識はなく、この両名で御医師の間へ運んだそうだ。

浅野内匠頭はもう暴れる意志を失い、ぐったりとその場に座り込んでいた。刃傷を起こした張本人は無表情のまま俯いて、さっきから一言も発していないのに、組み止めた与惣兵衛のほうが、だらしなく涙と鼻水を垂らしながら泣きじゃくり、まるで駄々をこねる幼児のように興奮して、「殿中でござる」の一言だけを延々と言い続けている。

普通なら斬りつけたほうが興奮していて、組み止めるほうが冷静でありそうなものだが、いったいこれは何があったのだろうかと、周囲の人々は不思議そうに顔を見合わせた。

落ち着いたところで、浅野内匠頭は大勢の人間に囲まれて大広間の後ろのほうへ連れて行かれた。

「立てるか？」と聞かれて「大丈夫だ」と冷静に答えた浅野内匠頭は、自分で立ち上がると、隣で座り込んで泣きじゃくる与惣兵衛に無言で手を差し出した。

与惣兵衛はクシャッと顔を歪めて「うおおう」とひときわ大きく嗚咽すると、差し出された手を握り返し、そして立ち上がった。握りしめた浅野内匠頭の手は大きくて柔らかく、そして温かかった。

「すまなかった。止めてくれてありがとな」

連れていかれる直前、浅野内匠頭は与惣兵衛の耳元で、ほかの人には聞こえないように囁いた。

そしてそのまま、多くの人に囲まれて去っていった。

それが、与惣兵衛が浅野内匠頭を見た、最後の姿だった。

その後、浅野内匠頭は周りを囲む多くの人たちに向かって、堂々とした張りのある声で「上野介には恨みがある。殿中であること、また今日は儀式であることに対して畏れ多いとは思ったが、仕方なく刃傷に及んだ。討ち果たさせてほしい」と幾度も繰り返して言っていたと、与惣兵衛は人づてに聞いた。

浅野内匠頭が最後に与惣兵衛の耳元で囁いたのとは全く異なる言葉だが、浅野家五万石の藩主としての言葉と、浅野長矩という一人の人間の言葉は別物ということだろう。

この時、浅野内匠頭の声があまりにも大きかったことが、高家衆をはじめとする取り囲んだ人たちの神経を逆なでしたらしい。

畠山民部が「もはや事は終わったのです。おだまりなさい。あまり大声では如何なものかと思いますよ」とたしなめると、浅野内匠頭はそれ以降、何も言わなくなったそうだ。

きっと誰にも聞こえないような小声で、「ちっとも使えん高家がうっさいわボケ。お前も大概じゃ」などと悪態をついていたのだろうな、なんてことを与惣兵衛は思った。

二十三．元禄十五年　十二月十五日（事件の一年と九か月後）

松の廊下の刃傷事件のちょうど一年九か月後にあたる、元禄十五年（一七〇二年）十二月十四日のこと。

事件によってお取り潰しになった浅野家の遺臣たちが、本所にあった吉良邸に討ち入って吉良上野介を殺害し、その首を浅野内匠頭の墓前に捧げた。

夜半に起こったその討ち入り事件は、翌朝にはもう江戸城内の隅々まで知れ渡り、いつもどおりに梶川与惣兵衛が登城すると、すでに城内は騒然としていた。

同僚から興奮ぎみにこの話を聞かされた与惣兵衛は、ほとんど驚く様子もなく、興味のなさそうな声で「そうか」と答えただけだった。

同僚は、与惣兵衛なら当然驚くだろうと期待していたので、あまりにもあっさりした反応に、拍子抜けしたように呆然とした顔をしていた。

本音を言うと同僚は、この知らせをきっかけにして、与惣兵衛が一年九か月前のあの刃傷事件についていろいろと思い出話を語り始めてくれないかな、などと下衆な期待をしていた。そうすれば自分は、江戸中が注目している大事件の最重要関係者から、生の証言を聞いたぞと自慢ができる。

しかし与惣兵衛はしきりに話題をそらして、討ち入りについても松の廊下の刃傷事件についても、何一つとして語ることはなかった。

そうか、やはり仇を討ったか……。彼らだったら、当然そうするだろうな。

与惣兵衛は、児小姓頭の片岡源五衛門や馬廻りの堀部安兵衛など、浅野内匠頭への忠義に燃える、気持ちのいい男たちの顔を思い浮かべていた。あれほど心根の真っすぐな熱い魂を持った男たちが、こんな仕打ちを受けて黙って引き下がるわけがない。

きっと、いつか吉良様は浅野家の旧家臣たちに仇を討たれるだろう。彼は最初からそう確信していたので、討ち入りの話を聞いたところで「予想していたとおりのことになったな」という感想しかなく、驚きは全くなかった。

松の廊下事件のあとの与惣兵衛は、二人の不和を止められずに事件を起こしてしまったという後悔で、しばらく鬱々とした日々を過ごした。それで、せめて取り潰しになった浅野家の家臣たちに何か支援はできないものかと考えたが、到底無理な話だった。

与惣兵衛は、吉良上野介を殺そうとした浅野内匠頭を妨害して殺害を失敗させた男である。当時の武士の感覚からすると、恨みを抱く相手を殺すこと自体は武士の本分であって、そこまで悪いことだとは思われていない。むしろ殺そうとして失敗するほうが、武士としての不甲斐なさを露呈する不名誉なこととされた。

だから今や、与惣兵衛は浅野家の旧家臣たちにとって、主君に大恥をかかせた憎むべき敵の一人なのだ。世間からも与惣兵衛は「なぜ浅野内匠頭の本懐を遂げさせてやらなかったのか」「武士の情けを知らぬ男」などとさんざん叩かれたものだ。

今になって冷静に考えてみたら、あの場で吉良上野介が死のうが生きようが、喧嘩両成敗なら最初に浅野内匠頭が斬りつけてしまった時点でもう二人ともいずれ死罪になるわけで、与惣兵衛がわざわざ浅野内匠頭を止めたのは全くの無駄だったともいえる。

それならば、浅野様の自由にさせてあげたほうがよかったのかもしれないという後悔は、未だに与惣兵衛の中にある。

ただ、もしあの時に浅野様を組み止めずに、吉良様が殺されるのをただ黙って眺めていたら、それはそれで自分はもっと後悔しただろうな、とも思う。

浅野内匠頭様は切腹された。吉良上野介様は仇を討たれた。

仇討に参加した浅野家の旧臣たちも、当然全員が死罪だろう。

あの饗応役に関わった人たちの、ほとんどが死んでしまった――。


そういえば、饗応役の準備で自分をさんざん苦しめた江戸家老の安井彦右衛門は、この仇討に参加したのだろうか？　与惣兵衛はそう思って、討ち入りの成功後におとなしく幕府に自首した四十七人の浅野家旧家臣の名簿を見たが、そこに安井彦右衛門の名前はなかった。それはそうだろうな、と与惣兵衛は少しだけおかしかった。


松の廊下の刃傷事件のその後について、少し述べたい。

吉良上野介を斬りつけた浅野内匠頭は、身柄を田村右京大夫の屋敷に移され、その日のうちに幕府から切腹を命じられた。どこをどう弁護しても、死罪は免れない罪状だった。

せめてもの救いだったのは、罪人が受ける屈辱的な刑罰であった打ち首ではなく、武士の名誉ある責任の取り方とされていた切腹で死ねたことだった。ただしその切腹も、本来の作法なら座敷で行うべきところを中庭に毛氈を敷いて行われたので、そこに将軍様の激しい怒りが透けて見えると市井の人たちは噂しあった。

物議をかもしたのは、吉良上野介に対する処分だった。

当時の常識ではこのような場合、「喧嘩両成敗」が当然だった。誰もが、吉良上野介にも浅野内匠頭と同じく切腹が命じられるだろうと信じて疑わなかった。

しかし幕府は、斬りつけられた吉良上野介が脇差を抜こうとしていなかったことを理由に、これは喧嘩ではなく浅野内匠頭による一方的な凶行だと結論づけた。吉良上野介が脇差を抜かなかったと証言したのは、誰あろう、その場に居合わせた梶川与惣兵衛である。

この不公平といえる裁定に、世間の評判は一気に浅野家びいきに傾いた。高家という存在は、ただでさえ一般的に嫌われている。まして吉良上野介は、その高家の中でも押しも押されもせぬ第一人者だ。

そんな吉良上野介の身に起きたこの事件と、不可解なまでに甘い処分。江戸の世論が一斉に火を噴いた。

ずる賢い吉良上野介は幕府の中枢に賄賂をばらまいて、自身の助命を勝ち取ったのに違いない。浅野内匠頭が吉良上野介に斬りつけたのは、きっと吉良から陰湿ないじめを受けていて、忍耐の限界を超えてしまったからに違いない。

何一つ証拠のないそんな噂話が、市井における松の廊下刃傷事件の「真実」とされた。世の噂話などというものは、ろくに証拠もなく「人々が信じたい物語」が簡単に「真実」になって、憶測だけで無責任に拡散していく。そこに証拠など必要はない。

証拠不足などは「どうせ表には出せない後ろ暗い裏事情があるに違いない」の一言で全て片付いてしまうのだから。たとえ、「真実」に疑問を呈する人間がいたとしても、そのような人たちは「お前はあの憎たらしい高家の肩を持つのか」などという理不尽なとばっちりを受けるだけだ。

そして、吉良上野介の肩を持つ者はほとんどいなくなった。

一方、藩主の浅野内匠頭が切腹すると同時に、赤穂藩浅野家五万石も取り潰しとなった。浅野家に召し抱えられていた家臣たちはその日からいきなり失業し、何の収入の当てもない寒空に叩き出された。

浅野家が消滅しても、そこで暮らしていた家臣たちは生き延びなければならない。家臣たちは、親類を頼って別の土地に移ったり、町人に身を落として寺子屋の主人になったり、傘貼りの内職をしたり、新たな食い扶持を探し回った。

戦争のない天下泰平の世で、何の価値も生み出さない武士たちの扱いにどの大名も困っていたから、別の大名に再就職できた家臣などほとんどいなかった。

だが、一部の浅野家の家臣たちは、生きのびることを諦めた。

俺たちは武士だ。主君が理不尽な死を遂げたら、その復讐を果たすのが武士の役目。それをせずして何のための武士か。

そう考える浅野家の遺臣たちが秘かに集まって、吉良上野介に対する復讐の機会を狙っているらしいという噂は、与惣兵衛もしばしば耳にしていた。噂の信憑性はまちまちだったが、それを語る人は誰もが生き生きと期待に目を輝かせ、その噂が真実であってほしいと願っているように見えた。

陰湿ないじめで浅野内匠頭を死に追いやり、幕府の高官に賄賂をばらまいて無罪を勝ち取った極悪人の吉良上野介を、虐げられた浅野家の家臣たちがやっつけてくれたら、どんなに痛快だろうか。

もちろんそれは殺人であり、行った人間は全員死罪である。そんなことは十分承知したうえで、自分には何の身の危険も及ばない蚊帳の外から、無関係な人間たちは簡単にこう言うのだ。

「浅野家の遺臣たちは悔しくないのか。命を賭してでも吉良上野介を討ち果たしてこそ、真の武士ではないのか」

与惣兵衛は、そんな世の空気を白けきった目で見ていた。

事件発生までの三か月間を一緒に仕事してきた彼の目からしたら、正直言って浅野内匠頭が刃傷事件を起こした責任の何割かは、浅野家の家臣たちの無能さにある。

十七年前、まだ十代だった浅野内匠頭が最初の勅使饗応役を務めた時には、江戸家老の大石頼母助の周到な補佐のもと、何の問題もなくお役目をこなしている。

もちろん、その時は大石頼母助が六十五歳、浅野内匠頭が十七歳で、年若い藩主に代わって実質的には家老の大石頼母助がほぼ全てを取り仕切っていただろうから、前回と今回を単純に比較はできない。

そうだとしても今回の饗応役は、あまりにも浅野内匠頭ひとりに負担がかかりすぎではなかったか。

江戸家老の安井彦右衛門は全ての判断を主君に丸投げし、自分では何もしなかった。それ以外の家臣たちも、会って話をすると心が真っすぐで気持ちのいい男たちばかりなのだが、書類を書かせると説明はまったく要領を得ないし、数字は間違いばかり。

二言目にはすぐ「ご主君のために」と熱い台詞を吐くのはいいのだが、そこまでご主君のためを思うのなら、もっと算術や建築といった、藩のために実際に役立つ学問を学んだらどうなのかと、与惣兵衛は苛立ちを覚えたものだった。

浅野家の遺臣たちをまとめ上げ、四十七人で夜中に吉良邸を襲撃して吉良上野介を殺害したのは、浅野家筆頭家老だった大石内蔵助という人間だという。大石頼母助の甥であるらしい。

与惣兵衛の元に伝わってくる噂話は、そろって「あっぱれ大石内蔵助」「大石内蔵助以下、四十七人の遺臣たちこそまことの武士」といった論調だった。だが与惣兵衛は内心、その論調に反吐が出る思いがした。

何がまことの武士だ。饗応役の準備の間、何か月も赤穂にいたまま何もしてこなかったくせに。

大石内蔵助は筆頭家老で、藩主の浅野内匠頭が不在の間の赤穂藩の内政を一手に引き受けている。だから、江戸に顔を出すことはたしかに難しかったかもしれない。

だがこの男は、昨年に九百両だった予算が最終的には千二百両近くまで膨れ上がったというのに、結局最後まで何もしなかった。赤穂からの送金は一切なく、商人に借金を掛け合ってその金の工面をしたのは全て江戸の家臣たちだ。饗応役の一か月前という土壇場の二月十一日に、浅野内匠頭が痞の発作で倒れた時も、手紙の一つも寄こさなかった。

江戸と赤穂の間は、手紙を送っても飛脚で五日はかかる。彼が何もやってこないのは、筆頭家老の自分が遠くから無用の口出しをして、江戸の責任者たちを混乱させてはならないという気遣いなのかもしれない。それにしたって、あまりにも江戸に全てを任せすぎなのではないか、と与惣兵衛は思う。

だいたい、大石内蔵助は筆頭家老なのだから、江戸家老の安井彦右衛門がどんな人間なのか、よく知っておく義務がある。彼が非常に頼りないということを普段から十分に理解していれば、江戸に任せすぎることは危険だ、自分も何か赤穂から支援しなければならない、という勘が少しくらいは働いてもいいはずだ。そういう目に見えない配慮こそ、筆頭家老の本来の役目ではないのか。

平時にそのような地味できめ細かい仕事は一切やらず、我慢の限界に達した主君が不祥事を起こして浅野家が崩壊してしまったあとで、主君の仇討ちだけはきちんとやるのか。

馬鹿じゃないのか。

与惣兵衛は、顔も見たことのない大石内蔵助を、心の奥底で何度も罵倒した。


聞くところによると吉良上野介は、寝所で眠っているところを浅野家の遺臣たちの襲撃に遭い、寝間着のままで慌てて逃げだして台所の裏の炭小屋に隠れたらしい。だが、最後は見つかって槍で突き殺され、首を取られたのだという。

生前の吉良上野介は、常に凛々しく威儀を正し、人前ではいついかなる時でも、決して衣服や髪型の乱れを見せない人だった。彼の近くに寄ると必ず、着物に焚き染められた高価な香が上品に薫っていた。

そんな吉良上野介が寝間着姿で突き殺され、その死体は雪の降る庭に無造作に転がされて検分されたのだという。寝間着を剝がして背中を見たら、浅野内匠頭に斬られた時の傷跡が残っていたので、この老人が吉良上野介だと判明したということだ。

おいたわしや……与惣兵衛はただ一人ぼんやりと中空を眺めたまま、最後の最後で乱暴に踏みにじられた吉良上野介の誇り高き人生を思い、心から悼んだ。

吉良様が幕府の高官たちに賄賂をばらまいて自分の助命を勝ち取っただと？　何を言っているんだ。吉良様は私心が全くなく清廉そのもので、そういう汚い振る舞いからは一番遠い方だ。

ただ、吉良上野介に一切のお咎めなしという不可解な裁定を幕府が下した時だけは、彼を信じる与惣兵衛の心もわずかに揺らいだ。ひょっとしたら、吉良上野介と幕府との間に何か裏取引があるのではないかという疑念を、完全に心から消すことはできなかった。


だが、事件の約一年後に与惣兵衛の疑念はきれいに解消した。

元禄十五年二月、将軍綱吉の生母である桂昌院に対して、女性では崇源院と並んで過去最高である従一位の官位が下されたのである。その時になって初めて、与惣兵衛は元禄十四年の勅使饗応の時にさんざん悩まされた、不可解な裏事情を全部理解したのだった。

そうか。この話があったから吉良様は、あの年の勅使饗応は豪華にやれと妙に強く主張していたのか。

前年の勅使饗応の費用は九百両だったのに、あの年は最終的に千二百両近くを使って勅使を盛大にもてなすことになった。結果として、その増額をめぐるいざこざが浅野内匠頭の苛立ちをさらに掻き立て、饗応をぶち壊す刃傷事件の原因になったのだから皮肉なものだった。

　吉良上野介が刃傷事件のあともお咎めなしで生かされたのも、この従一位叙任の話があったからだったのかと、与惣兵衛はようやく全てが腑に落ちた。刃傷事件の時点で吉良上野介を殺してしまったら、きっと彼が根回しに深く関わっていた叙位の話も、白紙に戻ってしまっていたはずだった。

　ということはつまり、桂昌院の従一位叙位が無事に済んだ今、幕府にとって吉良上野介が生きている意味はもう何もない、ということにもなるのだが。

　刃傷事件のあと、与惣兵衛は吉良上野介に一度も会っていない。

　事件が起こるまでの吉良上野介は、朝廷と幕府の両者から絶大な信頼を置かれていて、彼の存在がなければ朝廷と幕府の友好関係は崩壊するとまで言われていた。

　そんな吉良上野介は、事件の十二日後に高家肝煎の辞職届を提出し、十二月には隠居して全ての公務から手を引いていた。

　しかしその後も朝廷と幕府との関係は、別に悪化することも改善することもなく、何も変わらないまま淡々と普段どおりの状態が続いている。

事件後に一度だけ、与惣兵衛は吉良上野介に面会を申し入れたことがあった。

事件のあと、会ったところでどんな顔をして何を話せばいいのかもわからないので、与惣兵衛はしばらく吉良上野介に会うことを避けていた。事件の直後は特に世間の噂話がやかましく、そんな中で与惣兵衛と吉良上野介が面会したと周囲に知れたら、それこそ好き勝手な憶測を含んだ噂が流されるだろうという危惧もあった。

とはいうものの、事件前はあれだけお世話になっていたのに、見舞いの一つも行かないのはさすがに薄情じゃないかと、与惣兵衛は後ろ暗い気持ちをずっと抱えていた。それでも彼はどうしても踏んぎりがつかず、ずっと何もできずにいたのだった。

そうこうするうちに、八月になって吉良上野介は幕府から突如、呉服橋の屋敷を引き払って本所に転居するよう命じられた。

それまで住んでいた呉服橋は、江戸城の大手門からほど近い一等地である。そこから、隅田川の向こう側の、大名屋敷などもほとんどない、閑散とした本所へ引っ越せというのである。

どうやら、呉服橋の吉良邸の隣に屋敷を構えていた蜂須賀飛驒守《はちすかひだのかみ》からの苦情と嘆願が、この突然の転居指示の理由だったらしい。

松の廊下事件の直後から仇討ちの噂は常にあった。そのため隣の蜂須賀飛驒守の屋敷でも、自分の屋敷に襲撃のとばっちりがこないよう、ずっと警備を強化し続けなければならなかった。この余計な出費を苦々しく思った蜂須賀飛騨守が幕府に苦情を出したところ、このような裁定が下ったと言われている。

そしてそれとほぼ同じ頃、吉良上野介とともに高家肝煎の職にあった大友近江守が、いきなり高家肝煎を免職になった。大目付の庄田下総守など、吉良上野介と懇意だった人たちも同時期に一斉に罷免されたので、それまで吉良上野介を重宝がって使っていた幕府が、彼に対して急激に冷淡になっていったことがわかる。

そんな悲惨な状況を見て、気まずいとか何を話したらいいかわからないとか言っている場合ではないと、与惣兵衛は急に焦りを感じた。

一緒に仕事をしていた時は、年齢のわりに見た目が非常に若々しく、立ち居振る舞いが機敏なので老人だという意識は全くなかったが、何と言っても吉良上野介は六十二歳なのだ。

そんな高齢の人間が、いきなり仕事仲間に斬りつけられ、そのせいで今まで誇りをもって取り組んできた仕事を辞職した。そしていま、場末の寂しい土地に強制転居を命じられているのである。

事件のことや仕事のことなんかは、別に話さなくてもいい。とにかく今は、旧知の親しい人間が顔を見せてやるべき時ではないのか。六つ年下の自分は、傷心の吉良様にとって、年代の近い気の休まる格好の話し相手になれるはずだ。そう考え、与惣兵衛はついに、吉良上野介に面会を申し入れた。
しかし吉良上野介からは、上等の紙に几帳面な字体で美しく書かれた、短い手紙が返されてきただけだった。

――一人の友人として、梶川殿からこのような温かい申し出をいただいたことを、心より嬉しく思う。だが、私は老いさらばえ、このように衰えたみすぼらしい姿を貴殿にお見せすることは心底恥ずかしく、とても耐えられそうにない。
どうか、先の短い老人を憐れむと思って、私をそっとしておいてほしい。梶川殿は、今まで私がともに働いた人の中で、もっとも素晴らしく尊敬できる方で、少しの間でもあなたとともに仕事ができたことを、私はとても喜ばしく、誇りに思う――

浅野内匠頭の元家臣たちによって吉良上野介が討ち取られた日の翌日、騒然とする江戸城内を尻目に、与惣兵衛は普段と同じように江戸城で公務をこなし、普段と同じ時間に自分の邸宅に帰った。そして、行李の奥にしまっておいた昔の日記を、一年と九か月ぶりに取り出して読んでみた。

誰やらん吉良殿の後より「此間の遺恨覚えたるか」と聲を掛け切付け申候。我等も驚き見候へば、御馳走人の淺野内匠殿なり。

この日記を書いた当時と比べて、与惣兵衛の邸宅は一回り大きく、新しく豪華になっている。

あの刃傷事件の時、続けざまに斬りつけようとした浅野内匠頭を取り押さえ、吉良上野介の殺害を防いだという功績で、与惣兵衛は武蔵国足立郡五百石の領地を新たに与えられていた。彼も今や、千二百石扶持の立派な旗本である。

与惣兵衛の耳に、あの日、浅野内匠頭が狂ったように叫んだ「おどれぇ何しとんじゃ。このボケカスがぁ！」という言葉が、一年九か月経った今でも生々しく脳内に甦る。

浅野様。

あなたの家臣たちはあなたの仇を討ちました。家臣たちのその行動に対して、あなた自身が何を思われるかはわかりませんが、家臣思いで情に厚いあなたの人柄がにじみ出た、いかにもあなたらしい結末だったように私は思います。

そして吉良様。

あなたの優秀さを、私は生かしきることができませんでした。

松の廊下で斬りつけられたあともあなたは、自分は何も恨みを買った覚えはない、自分のような老人に対して何を恨みに思うことがあるのか、さっぱり意味がわからない、と繰り返していました。

この言葉を、喧嘩両成敗を避けるための嘘だといって批判する人も数多くいます。でも私にはわかります。あなたとしては単に真面目に職務に取り組んでいただけのことで、それでなぜ浅野様が斬りかかってきたのか、あなたは本当に最後まで何一つ理解していなかったのでしょう。

お二人の間に入って、お二人の認識の溝を埋めようと全力で頑張ってきた自分としては、結局認識が食い違ったまま、このような不幸な結末を防ぐことができなかったのが本当に心残りです。

いったい、自分はどこで間違ったのでしょうか。

途中のどこかでやり方を変えていたら、私はもっと違った結末を導けていたのでしょうか。

お二人の死と引き換えに、私は五百石の加増を受けました。

こんな加増、私はちっとも欲しくはなかった。

私はただ、尊敬するお二人が立派に饗応役を勤め上げることだけが願いでした。そして饗応役が終わったあとに、吉良様のお屋敷で浅野様と私と三人で、笑顔で楽しく打ち上げの一献を酌み交わすことを本気で夢見ていました。

こんなにも尊敬できる、素晴らしい二人とともに仕事をすることができたのに、それがこんな結末を迎えてしまうなんて。

私はただ、お二人に会いたい。

もう一度あの十二月の初顔合わせの日に戻って、今度こそお二人が仲よくお互いを認め合えるよう、やり直したい。

尊敬するお二人に、またお会いしたいのです――。

そのまま梶川与惣兵衛は、文机に突っ伏してオウオウと嗚咽しながら、ぐちゃぐちゃに鼻水を垂らしていつまでも汚らしく泣き続けた。その胸には、彼が万感の思いを込めて、後世のために書き残したあの日の日記が、固く抱きしめられていた。

梶川与惣兵衛。大奥御台所付き留守居番、千二百石。

百年続いた泰平の世、もはや武士が自分の鍛え上げた腕力を生かし、戦場で手柄を立てて領地をもらうなどということは、ほぼ夢物語となっていた。

そんな中、浅野内匠頭を力づくで取り押さえたという手柄で五百石の加増を得た与惣兵衛は、奇跡のような幸運の持ち主だとほかの武士たちの露骨な嫉妬を買うことになった。

抱き止めた　片手が二百五十石

当時のそんな川柳が、現在まで残っている。

これを、当の本人がどんな気持ちでどんな顔をしながら眺めていたのか、今となっては知る由もない。

（おわり）

本作品は歴史上の事件を題材としたフィクションです。

文芸社文庫

あの日、松の廊下で

二〇二一年四月十五日　初版第一刷発行

著　者　白蔵盈太
発行者　瓜谷綱延
発行所　株式会社　文芸社
〒一六〇-〇〇二二
東京都新宿区新宿一-一〇-一
電話　〇三-五三六九-三〇六〇（代表）
〇三-五三六九-二二九九（販売）
印刷所　図書印刷株式会社
装幀者　三村淳

ISBN978-4-286-22485-5